U0894774

小约翰

[荷] 弗雷德里克·凡·伊登 著
[荷] 欧阳竹立 译

江苏凤凰文艺出版社
JIANGSU PHOENIX LITERATURE AND ART PUBLISHING, LTD

献给我的妻子

目录

第 1 章

我想给你讲一个关于小约翰的故事。这个故事，你听后也许会觉得是一篇童话，但是我要告诉你，故事里的一切都是真的。如果你不相信，就请到此为止，不要继续读下去了，因为我的故事并非为你而写。如果有一天，你遇见了我故事中的小约翰，也不要对他提起这件事，因为这不仅会让他很伤心，而且会让我后悔把他的故事告诉了其他人。

小约翰住在一栋有大花园的老屋里。这里很容易迷路。老屋里有很多昏暗的走廊、楼梯、橱柜，以及宽敞的用来堆放杂物的阁楼，而花园里到处都是屋棚和鸡舍。对小约翰来说，这里就是他的世界，充满了形形色色神奇与迷幻的故事。在这里，他可以成为周游远方的探险家。他也会给自己发现的一切取个好名字。

小约翰给老屋房间取的名字都来自动物界，比如毛毛虫阁楼，因为他曾经在这儿养了一小窝毛毛虫；再比如小小鸡屋，因为他曾经在这里找到一只母鸡。这只母鸡并非从天而降，而是小约翰的妈妈专门放在这个房间孵小鸡的。

在花园里，他也用自己喜欢的植物名称为每一处命名——盆子山、梨树林和草莓谷。花园深处有一片他取名为“天堂”的地方，这里真是美妙至极，有一大片池塘，池塘里长满了白色的睡莲，芦苇与风使劲地说着悄悄话。池塘彼岸是一座座沙丘，而“天堂”是岸边的一片草地，由矮林环绕，而矮林丛中夹杂着很高的夜莺草。小约翰常常会躺在茂密的草上，凝视着从水面上不断摇摆的芦苇间隙中露出的沙丘。在炎热夏日的夜晚，他总会来到这里，一躺就是好几个小时，从来也不会感到无聊。

小约翰想象着面前这潭幽静之水的深处，在神奇的夕阳映照下，置身水面上繁茂的植物之中，一定非常开心；之后他又会想象着沙丘上空那一片片美丽而遥远的彩云在它后面会有些什么呢？如果能飞到那里去该有多好啊！

日落以后，云彩堆集起来，似乎形成了某种神秘山洞的入口；在山洞的深处闪耀着一抹微微泛着红色的光芒。此时正是小约翰最为憧憬的时刻，“如果我能够飞进洞里，洞里会藏着些什么样的秘密呢？真希望有一天我能到那里去看看……”他这样想着。尽管他常常如此企盼着，山洞却每次都会在虚无缥缈的乌云里飘散得无影无踪，以致他始终不能走进去。而这时，池塘边平添了几分寒意与潮湿，他不得不回到老屋里自己的那间昏暗而狭小的卧室。

小约翰并不是一个人住在老屋里。他有一个悉心照料他的爸爸，还有一只名叫布莱斯的狗和一只名叫西蒙的猫。爸爸是他的挚爱。像一般的大人那样，小约翰对布莱斯和西蒙的爱丝毫不少，他甚至愿意同布莱斯分享自己的秘密，而对西蒙，他却充满了敬畏之心。但这并不足为奇！西蒙这猫，身材硕大，一身深黑色的毛散发着咄咄逼人的光亮，毛茸茸的大尾巴向上高高翘着。可以看出，他不仅身材矫健魁梧，而且智慧无穷。他对自己的尊贵和聪明颇为自负，即使与地上的小凳子打滚玩耍，或者躲在树后面啃吃剩的鲱鱼头的时候，也能保持自己的庄严与高贵。他会用非常鄙视的眼神冷眼旁观布莱斯欢天喜地的傻样，似乎在想："哎哟，狗这玩意儿不过就这副德行喽。"

现在你终于明白小约翰为什么会对这只猫充满敬畏了吧。同棕色的小狗布莱斯在一起的时候，他会感到更加亲密无间。这条狗虽然不名贵，却很善良，也很明智，从不离开小约翰左右，耐心地听从小主人的一切指令。小约翰非常爱布莱斯，这自然是不言而喻的，但是他的心还藏着其他的事情。

当你知道，小约翰的那间只有几扇小窗的狭小的卧室里，蕴藏着无比宽阔的世界，你是不是会觉得有些奇怪？他很喜欢自己的卧室里印着一朵朵大花的壁纸，当他生病或者清晨醒来的时候，从壁纸的图案中他会发现很多张面孔，而且已经仔仔细细研究过这些面孔的形状。另外还有一幅画，也是他超喜欢的，画中一群面容冷峻的人正在池塘边散步，池塘中心的喷泉喷出齐天高的水柱，娇媚的天鹅在四周环绕着。然而，他最最心爱的还是墙上的挂钟，他会小心翼翼地给挂钟上发条，把到点的钟鸣当成一种仪式。如果哪天因为睡着了，没给挂钟上发条，他会很自责，还会苦苦哀求挂钟一定要原谅自己。这时，如果你偷听到他在自己的房间里自言自语，你说不定会忍不住笑出声来。但是要知道，其实每个人都会自言自语，这并不是一件滑稽的事，况且小约翰坚信，偷听他自言自语的人能够完全理解他，所以他不需要得到回答。他甚至认为，自己已经从挂钟或者墙纸那里得到了回答。

小约翰在学校也有同学，但他们并不算是真正的朋友。他也会和他们一起玩，一起策划各种小阴谋，在野外一起玩强盗游戏。但是，只有与布莱斯独处时他才会感到自在。于是小约翰只想安静地独处，不想再和同学们一起玩了。

小约翰的父亲是一位既聪明又认真的人，他经常会带着自己的儿子去远足，他们俩一起穿越过许许多多的森林与沙丘，这种时候他们一般交谈不会很多。小约翰会默默跟在父亲身后约十步远的地方，他向遇见的花儿们问好，也向年复复一年日复一日待在同一个地方的大树们招手，他用小手抚摸粗糙的树皮，然后这些巨人般的大树便会用树叶发出沙沙的动听的歌声表示感谢。

有时父亲会在沙地上写字给小约翰认，父亲慢慢地写下一个又一个的字母，让小约翰将由它们组合成的词语读出来。有时父亲也会停下脚步，告诉小约翰眼前的种类繁多的动植物的名字。

有时候，小约翰会看到和听到一些奇怪的事情，也会问一些傻傻的问题，比如他会问：世界为什么是他看见的样子？为什么所有的动物和植物最终都要死去？奇迹会不会发生？然而父亲是个聪明人，他不会立即告诉小约翰自己所知道的一切。这对小约翰是有好处的。

每天晚上睡觉前，小约翰都会做很长时间的祷告。这是他家保姆教他的。他为父亲和小狗布莱斯祷告。西蒙？这只猫不用为它祷告，小约翰想。他也为自己做很长时间的祷告，而且几乎每次都以祈愿奇迹发生而结束。当他说完“阿门”后，会紧张地环顾半明半暗的卧室，注视壁纸上的小人，它们在昏暗的暮色中显得更加离奇。然后小约翰会把目光投向门把手和墙上的挂钟，那里可能会出现奇迹，但是挂钟像往常一样嘀嘀嗒嗒地继续走着，门把手也一动不动。直到天完全黑下来，在奇迹悄然到来之前，小约翰已经昏昏入睡。然而，小约翰坚信某天的某时某刻，奇迹终将发生。

第 2 章

后花园的池塘边很温暖，四处没有丝毫响动。猩红色的落日经过一整天辛勤的劳作后，似乎仅在远处的沙丘的边缘稍稍停留了片刻，然后便沉落到地平线后面。这时，光滑的水面上几乎完美无缺地反射出落日光芒四射的面孔。而静静矗立在池塘边的山毛榉树，则在这个最宁静时分，仔细地顾盼着自己水中的倒影。孤独的苍鹭在大片大片的睡莲阔叶中独脚而立，仿佛在这个片刻它完全忘却了去觅食青蛙，只是双目凝视着前方，默默地思考着什么。

小约翰来到一小块草坪上，凝视着藏在云中的神秘的洞窟。池塘边的青蛙扑通扑通跳进水里，水面泛起一阵阵微波，落日也因此被撕成一条条的彩带，山毛榉叶在不悦地沙沙作响，他们还没有看够自己水中的倒影。

山毛榉树裸露的树根旁停着一条旧旧的小船。小约翰的爸爸是绝对不允许他爬进小船去玩的。可是怎么办呢，今天晚上小船对他的诱惑是多么强烈！天上的云团已经聚合形成了一扇巨大的门，大门后面是太阳即将歇息的地方；大门两侧华丽的云彩堆积在一起，好似一排排身着金色盔甲的护卫。水面上鳞波闪闪，亮红色的光影像火箭一样耀眼地穿梭在岸边的芦苇丛中。

小约翰慢慢地解开拴在山毛榉树根上的小船的缆绳，在灿烂的晚霞中把小船推到水面上。小狗布莱斯迫不及待地跳进小船，在他的小主人还没反应过来前。小船已经滑出去，水中的芦苇丛分开了一条水道。他们朝着夕阳的方向摇荡而去。小约翰躺在船头，聚精会神地凝视着那个神秘云洞的深处。“我想要长出翅膀！”他这样出神地想着，“现在就给我一对翅膀吧！我想要马上飞到洞那儿去！”

太阳渐渐沉落了，但天边的云朵仍绚若喷火。东方的天空此时呈现出深邃的蓝色。池塘的沿岸有一排柳树，一片片泛白的小小的绿叶在静止的空气中一动不动，在深色背景的衬托下，看上去好似一线异常漂亮的淡绿色花边。

听！那是什么声音？有什么东西正从水面上擦过，发出了声响，好似一阵微风在水面上划过，留下一道明显的痕迹。声音来自沙丘的方向，来自那个藏在云中的神秘洞窟。

突然，小约翰发现一只蓝色的大蜻蜓停在了船舷上；他从来没见过这么大的蜻蜓。他安安静静地停在那里，但翅膀却不停地抖动着。小约翰似乎可以看见在那对扇动的翅膀的尖上形成的耀眼光环。

小约翰猜想，这一定是只火蝴蝶，而且是极其罕见的品种。

这时光环在小约翰的眼前变得越来越大，蜻蜓的翅膀抖动得越来越快，以至他只能看到一团扑朔迷离的雾。雾团中，他看到一双闪闪发光的黑眼睛，还有一个颜色很淡的、纤细的身影。终于，身着浅蓝色小衣裤的小人出现在小约翰的面前，小蓝人儿就坐在蜻蜓刚才停留的地方，在他金色的头发里，挽着一个似乎是用白色的微风做成的花环，他的臂膀上插着一对小小的翅膀，好似肥皂泡一样，闪耀着千变万化的光晕。

小约翰的全身因狂喜而战栗，这正是他一直期盼着的奇迹！

“我们能成为朋友吗？”小约翰低声问。

这种和陌生人问话的方式有些奇怪，可此刻不同寻常。小约翰有一种感觉，他好像认识眼前这个相貌奇特的蓝色小人已经很久很久。

“好的，小约翰，我们可以做朋友！”他听到一个声音这样回答。那声音轻盈得好似晚风中荡漾的芦苇，又如森林中落在叶子上的雨点声。

“你叫什么名字？”小约翰追问道。

“我出生在一个专门用来储存风的杯子里。你就叫我清风娃娃吧！”

清风娃娃笑盈盈地、目不转睛地注视着小约翰。小约翰感到从未有过的幸福。

“今天是我的生日，”清风娃娃对他说，“我就出生在这附近，就在第一束月光照亮大地与最后一抹夕阳交汇的那个瞬间。常听人们说太阳是个女人，但这并不确切，因为太阳是我的父亲。”

小约翰于是暗中决定，从明天起在学校用“他”来描写太阳。

清风娃娃接着又说道：“你看那儿，那就是我母亲。她有着一张圆圆的洁白无瑕的面孔。母亲，您好！可是她今天看上去不高兴啊！”

清风娃娃指着东方的天际，一轮巨大而皎洁的月亮正从灰蒙蒙的地平线上升起，被柳树一片片精致的叶子半遮半掩着。一棵棵的树在月亮耀眼的光盘下形成深色的剪影。此时，月亮那张面孔的确显得有些苦恼和心事重重。

“别担心，妈妈！我保证不会发生什么不好的事，我信任我的新朋友！”

眼前这个漂亮的小人用力地扇动着臂膀上那对透明的翅

膀，然后将握在手中的鸢尾花从小约翰的脸颊上轻轻擦过。

“妈妈不喜欢我来找你玩。你是我的第一位人类朋友，但是我信任你，小约翰。你要答应我，永远不能向任何人提起我的名字，也不要提及我的事。你保证能做到吗？”

“嗯，清风娃娃，我保证一定守约。”小约翰回答。

对小约翰而言，这一切实在太奇妙了。此刻，他感到不可名状的幸福，又担心幸福瞬间消失。这会不会是一场梦呢？小狗布莱斯在他旁边的长凳上安静地打着瞌睡，那温暖的呼吸使他感到平静。跟往常一样，一群群蚊子在水面上盘旋，在潮湿的空气中舞蹈着。小约翰感到自己周围的一切分外清晰、分外真实，这应该是现实，而不是梦境。此外，他能感到清风娃娃正在用信赖的眼神默默地注视着他。

这时清风娃娃用甜美的声音说：“我以前经常会在这儿看到你，小约翰。你知道我躲在哪儿吗？我有时会坐在池塘底的沙面上，茂密丛生的水生植物中，当你俯下身去喝水时，或者观察在水里游泳的甲虫和蝾螈时，我都会抬头看着你，但是你却从来没有注意到我。我也经常会从密不透风的芦苇丛后面偷看你，我很喜欢待在芦苇丛中，天热时我常常会到那里睡觉，因为那里有个芦苇莺的空巢，非常舒服、非常柔软！”

清风娃娃一边说着一边心满意足地在船舷上摇晃着，时不时用手中的花驱赶着蚊子。

“现在我想跟你在一起，我们能做个伴。你的生活很无聊。我们将成为好朋友，我会告诉你很多很多你不知道的事——比你们学校的老师给你讲的故事更生动、更有趣。如果你还不相信我的话，我会带你去眼见和耳闻这些真相。让我把你带在身边，一起去看看世界吧。”

“哦，清风娃娃！亲爱的清风娃娃，有你真好！你能带我去那里吗？”小约翰激动地大声叫道。他用手指着正从夕阳下的金色的云洞中照射出来的一缕紫光；那堆神奇的大云团也已经渐渐消散开来，成为灰色的云雾，一抹淡淡的红色光芒从最深处浮现出来。清风娃娃聚精会神地盯着这一缕光芒，他美丽的脸庞和金色的头发此时此刻正沐浴在夕阳下。他轻轻摇着头回答：“小约翰，我们现在还去不了！你要耐心等待！你不能马上对我提这么多的请求。我自己也没有去找过我的父亲。”

小约翰惊讶地回答说：“我总是同我的父亲在一起。”

“不对，那不是你的父亲。我们俩是兄弟，我的父亲也是你的父亲，但是你的母亲是大地，这正是我们俩差异很大的原因。还有就是，你出生在一所人类居住的房子里，而我出生在一个用来储存风的杯子里，后者自然要好很多。但是无论如何，我们在一起会度过一段非常开心的时光！”

说完之后，清风娃娃轻巧地蹦到船的另一边，他轻盈的身体没让船有丝毫摇晃。他亲吻了小约翰的额头。这时小约翰真的不知道自己是怎样一种奇特的感受，他周围的一切似乎完全变了，跟从前彻底不一样了。他觉得现在眼前所看到的一切都更加美好、更加精细。比方说月亮现在看上去也比从前显得更加友善，一朵朵睡莲也变成了一张张面孔，它们正在用惊讶而若有所思的神情注视着他。他突然明白了为什么蚊子整天总是高高兴兴地不停地飞舞着，穿梭着，互相环绕着，直到他们的长腿触到水面。他从前怎么也想不明白蚊子们为什么会这样，但现在他一切都明白了。

他细心聆听着芦苇的低吟和池塘岸边树木轻轻的叹息声，芦苇抱怨说：“太阳下山了！”

“清风娃娃，你是全世界最好的人！谢谢你带给我这么美好的感觉。是的，我们在一起会度过一段非常开心的时光！”

“来，把你的手伸出来给我，小约翰。”清风娃娃一边说着，一边张开五光十色的翅膀，拉着小约翰和他的小船在水面上继续向前，他们一同穿过月光下的一片片闪闪发亮的睡莲的大叶子。

叶子上时不时会突然出现一只青蛙，但是与以前不同的是，现在他们不会因为小约翰靠近而急急忙忙跳进水里。他们似乎在对小约翰鞠躬行礼，对他问好说：“呱！”小约翰也礼貌地鞠躬回礼，他不能显得没有教养。

他们这时已经来到了芦苇丛，芦苇高耸，掩盖了整艘小船。小约翰用力拉紧缆绳，跟着清风娃娃踏着芦苇茎爬到岸边。

小约翰现在相信他的身体已经变得很小很轻，不过这也有可能是自己的想象罢了，但是他突然想起来，自己刚才可以顺着一棵芦苇的嫩叶往上爬啊。

“现在注意啦，别走神，”清风娃娃对他说，“接下去马上就能看到非常棒的。”

他们走在暗淡无光的灌木丛中，穿过高高的野草，时不时会有一丝明亮而耀眼的月光打破这一片黑暗。

“小约翰，你在傍晚的时候会不会听到从沙丘那方传来的蟋蟀的歌声呢？是不是会让你觉得很像一场隆重的蟋蟀音乐会呢？但是你却怎么也弄不清楚那音乐究竟是从哪儿传来的。现在我告诉你吧，蟋蟀从来不会只为自己取乐而歌唱。你听到的那一段段动听的歌声来自蟋蟀学校，有很多很多蟋蟀每天到那儿上学。现在别出声，保持安静，我们马上就要到达蟋蟀学校了。”

小约翰心领神会地听着从不远处传来的蟋蟀交响曲。

灌木丛变稀疏了，当清风娃娃用手里的花拨开草茎时，一块明亮的空地出现在小约翰的眼前，许多蟋蟀正在又细又长的草丛中努力地学习他们的功课。

小约翰又一次仔细聆听着已经很熟悉的蟋蟀交响曲。

一个块头很大的蟋蟀是他们的老师，他正在给学生进行小测验，学生们一个接着一个地蹦蹦跳跳地来到老师面前。学生们只要跳跃一次，就能来到讲台前，测验完后再跳跃一次就能回到自己的课桌前。没有跳好的学生，就要站到蘑菇椅子上受罚。

“小约翰，你知道吗？其实你在这儿也可以学到一些有用的东西。”清风娃娃对他说。

小约翰能够听懂蟋蟀的话，但这些和他在学校里学的完全不一样。首先以地理课为例，在蟋蟀的世界里并不存在什么七大洲五大洋这种说法，他们的世界只存在二十六个沙丘和两个池塘。蟋蟀老师告诉同学们说，除此之外，外面的世界就连最聪明、最勇敢的蟋蟀也没去过，因此也无法知晓那是什么地方；老师还说，关于外面的大世界的那些奇闻，纯属不符实际的荒谬的杜撰。

接下去蟋蟀老师给同学们上植物学课，课堂上同学们都表现得非常聪明，很多小蟋蟀还获得了老师的奖品，那是经过老师精心挑选的长短不一、又嫩又甜的青草尖。

最让小约翰感到惊讶的是蟋蟀世界的动物学课。他们把动物归类为跳跃动物、飞行动物和爬行动物。蟋蟀是既能跳又能飞的动物，所以他们属于高级动物，之后是青蛙；因为鸟类是蟋蟀厌恶的动物，所以被列为高度危害生命安全、极其危险的恐怖分子。最后，老师说到人类，蟋蟀认为人类是大而无用的废物，是非常有害的动物，属于很低级的物种，因为人类既不能飞也不能跳，但庆幸的是，这么蠢的物种实在很罕见。一个声称自己从来没有见过人类的小蟋蟀被老师用小草抽了三下作为惩罚，因为他不小心犯了个错，把人类归到了无害的动物行列里。

小约翰对这些知识感到非常新奇，他以前从来没听说过。

正在这时，老师突然高声说："现在，同学们请安静下来！我们进行跳跃训练！预备——起！"

所有的小蟋蟀立刻停止了写作业和温习功课，他们排着队开始玩蛙跳的游戏，小蟋蟀们的动作都非常灵巧，态度也非常认真。

老师也不例外，由他带头第一个跳出去。

小约翰觉得实在太有趣太好玩啦，情不自禁地为同学们拍手助威。但是一听到拍手声，整个蟋蟀学校的学生一眨眼就消失了，蟋蟀课堂瞬间变成了沙丘，小草坪上一片死寂。

“瞧你，小约翰，你可真不懂事。你在这里是不能这么鲁莽的！我一看就知道你是从人类中来的！”

“对不起，我下次一定会记住不拍手，可这一切真的太好玩啦！”

“接下去还有更好玩的呢。”清风娃娃得意地回答。

他们穿过小草坪，爬上对面的沙丘。呀，在沙地上行走是多么费劲的一件事。可是，小约翰一抓住清风娃娃的衣襟，身体突然就轻快地飘起来了。路上经过一个野兔的巢穴，一只小兔子正把头和前爪伸出洞外，来回张望。沙丘上的玫瑰在这个季节依然绽放着，玫瑰甜美柔和的香气与四处生长着的百里香混合在一起，令人心旷神怡。

小约翰经常看见野兔躲藏进巢穴，他很想知道，巢穴的里面会是什么样子呢？兔妈妈总共有多少只小兔子？他们的家会不会住得很挤？正想着，小约翰听到自己的小伙伴问小兔子，他们能不能进去参观一下。他简直高兴坏了。

“我是欢迎你们的，”小兔子说，“但有点不巧的是，今晚我把家借出去作为一个慈善晚会的举办场地，所以今晚我不能做主。”

“真的吗？难道这里发生了什么不幸吗？”

“确实发生了一件很不好的事。”小兔子有些伤心地回答他们，“事实上，在我们这里最近发生了一场很大的灾难，我们需要几年时间才能从这场灾难带来的悲伤中缓过来！在离这里跳跃一千次的地方，人类建了一座很大的房子。房子大得不得了，好吓人！那里住的人还养了好几条狗。因为这所房子，我家已经有七位亲戚被害死了；失去家园的、无家可归的小兔子更是数不胜数；耗子和鼹鼠们情况更加不妙，连蟾蜍家也不能幸免。今晚将要举行的募捐晚会，就是专门为了帮助这些幸存的亲属。这里的每一分子都会不遗余力帮忙，而我自己呢，把家提供给大家作为场地。我觉得每个小兔子都有责任为同类留下点东西。”

小兔子伤心地深深叹了一口气，用前爪抓住长耳朵，从头顶上拉到眼前擦去流出眼眶的泪水。原来这就是小兔子的手帕。

突然，从他们前面传来一阵沙沙沙的响动声，一个胖胖的、笨重的身影不慌不忙地穿过小兔子家的客厅。

“你们看哪，蟾蜍爸爸也到了！”清风娃娃大声嚷嚷着，“他真厉害，这么晚了还独自一人出门，是不是又饿了，偷偷一人出来找吃的？怨不得大家都叫他圆嘟嘟、胖嘟嘟的‘馋厨’爸爸！”

蟾蜍爸爸并没有理会清风娃娃开的玩笑，他对这类笑话早就听腻了。他平静地把自己预先用干树叶裹好的一粒玉米放在小兔子的家门口，然后很灵巧地爬过小兔子的背上，翻身进入洞中。

“我们可以进里面去看看吗？”小约翰问道，他很好奇里面正在发生什么，“我也会捐赠的，算是尽一份微薄的力量。”

小约翰记得自己的衣袋里还装着一块饼干，这是亨特利和帕默斯的特制圆形饼干。当他把饼干从自己的衣袋里掏出来时，才发现自己已经变得这么小——几乎用双手都不能举起这块小圆饼干，他更不明白为什么这么大的饼干还能装在自己小小的衣袋里。

“这块饼干非常贵重，这可是不同寻常的馈赠品，很少见！”小兔子激动得叫出来，“这是一份很难得、很珍贵的礼品！”

小兔子用肃然起敬的架势给小约翰让路，请他进里面参观。里面很黑很暗，小约翰让清风娃娃走在前面，自己跟在后面。过了一小会儿，他们渐渐靠近一粒淡绿色的灯火，走近之后才发现，是一条萤火蚯蚓。萤火蚯蚓友好地为他们在前方带路。

“这会是一个美好的夜晚，”萤火蚯蚓一边走一边告诉他们，“很多客人已经到了。我猜想你们俩一定是哪儿来的精灵吧，我说得对不对？”萤火蚯蚓用怀疑的眼神上下打量着小约翰。

清风娃娃赶紧回答：“对，你完全可以把我们当成精灵，这样就好。”

“你知道精灵国国王今晚也来参加晚会吗？”萤火蚯蚓继

续追问着。

“鳌伯也来了吗？你怎么不早说？这真是让我好开心呀！”清风娃娃大声回答，“我和我们的国王是老朋友啦。”

“哦？原来是这样！”萤火蚯蚓怯生生地回答道，“我太荣幸能够接待您这样的贵宾啦！”因为惊喜，他身上的光都颤抖起来。“是的，我们的国王陛下喜欢野外的新鲜空气，但是他也很爱助人为乐，这样的晚会一定少不了他。我相信今天的募捐晚会一定会非常盛大。”

今天的晚会确实非常盛大。小兔子家的大厅被装饰得非常漂亮也非常喜庆，地板被碾得很平整，地上撒满了散发出一阵阵浓郁芬芳的百里香。在入口处的正上方，一只蝙蝠倒挂在门上，欢迎嘉宾的到来，大声宣布着客人的名字，他的翅膀同时也是门帘，这是出于节俭的考虑，不花不必要的钱。大厅的墙壁上装饰着各种雅致的干叶子、蜘蛛网、很多倒挂着的小蝙蝠，还有许多的萤火蚯蚓在地上和天花板上爬来爬去，他们构成了会移动的闪烁的晚会灯火，非常壮观。在大厅的尽头有一个用旧木头做成的宝座，光芒四射。

小约翰被眼前美丽的景象惊呆了。

晚会上来了很多客人，小约翰挤在一群陌生人中间，感到有点儿不知所措，便紧紧跟在清风娃娃的身边。他看到很多新奇的人和事，一只鼹鼠正在与一只小田鼠热烈地谈论着美丽耀眼的灯火和晚会的装饰；而在另外一个角落里，两只大蛤蟆正在摇头晃脑地讨论着最近一直很干燥的天气，他们一边讨论一边唉声叹气；一只青蛙挽着一只蜥蜴的手，准备拉着他的朋友一起走走，可是好像很难做到，急躁地跳来跳去，把墙上的装饰弄得乱七八糟。

精灵国国王端坐在宝座上，他名叫鳌伯。几个精灵侍卫簇拥着他。精灵侍卫的神情在众人的眼里显得有些傲慢，鳌伯国王本人却是显得非常和蔼可亲，他向来自各方的客人友善地微笑着，与他们交谈。他刚从东方长途旅行归来，身上穿着用鲜艳的花瓣做成的美丽而神奇的礼服。小约翰心想："这些花我从来也没有见过。"国王的头上戴着一顶用深蓝色的花萼做成的王冠，散发出一阵阵清新的幽香，就好像是刚从花园里采摘来的；他的手里拿着的权杖是用莲花的雄蕊做成的。

所有在场的嘉宾都对精灵国国王的善良赞不绝口。他为沙丘上明亮的月光抒情高歌，还说这里的萤火蚯蚓几乎和东方的萤火虫一样美丽动人。他赞叹这里的装饰，和蔼地点头称许。

“小约翰，跟我来，我把你介绍给国王陛下。”清风娃娃说。他推开人群，挤到国王的宝座前。

当鳌伯认出清风娃娃时，眼中充满了喜悦，张开双臂向他行亲吻礼。这引起了在场嘉宾们的议论，也招来了精灵侍卫嫉妒的眼神。角落里的两只又大又肥的蛤蟆嘀嘀咕咕了一番，说他们俩是专门来这里拍国王马屁的，还说他们是阿谀奉承的专家，这样的人绝对好景不长，说完之后两只蛤蟆用意味深长的眼神对视了一会儿，然后莫名其妙地点点头。

清风娃娃同鳌伯聊了很长时间，他们用的语言似乎没有人能听懂，最后他向小约翰招招手，让他过来面见国王。

“小约翰，来，让我们握握手！”国王亲切地说，“清风娃娃的朋友就是我的朋友。只要我能做到的，我会全力帮助你。这是我们盟族的信物，送给你。”鳌伯一边说着，一边从戴在脖子上的项链上摘下一把小小的金钥匙，递给了小约翰。

小约翰恭敬地接受了国王的礼物，并把金钥匙紧紧地握在手中。国王继续对他说：“这把金钥匙会给你带来好运的，它可以用来打开百宝箱的锁。但是百宝箱究竟在谁的手中，我不能告诉你。你必须自己努力去寻找这个百宝箱。如果你是我和清风娃娃的好朋友，而且能够始终不渝，最终有一天你一定会找到那个百宝箱。”

精灵国王一边说着话，一边慈爱地点着头。小约翰十分高兴地感谢了国王。

正在这时，三只坐在潮湿的青苔团座上的青蛙开始唱起一曲慢步华尔兹舞曲，大厅里的嘉宾们开始结伴成对，准备走进舞池，不跳舞的嘉宾们则被一只绿色的小蜥蜴推到一侧。这只小蜥蜴是晚会的司仪，他小心翼翼地来来回回走动维持秩序，这使在旁边的两只大蛤蟆很不耐烦，抱怨完全看不见舞会的盛况。随后舞会开始了。

起初，舞会场面很滑稽，每位舞者都是我行我素自成风格，每个人都想象自己比别人跳得好。耗子和青蛙都蹦得很高，一只年迈的老鼠爷爷疯狂地打着转，其他的舞者必须给他让路；更有一只很肥的蜗牛与鼹鼠结成了一对舞伴，非要同其他人比试一下高低，但很快就放弃了，肥蜗牛声称自己的腰突然很痛，而事实上是他们发现自己根本跳不好。

每位嘉宾都非常刻意突出自己，非常重视自己的表现，把这里发生的一切看得非常严肃。每个人都在偷偷看国王，希望能从他脸上看到一丝肯定的笑意。可国王始终不动声色，把脸绷得紧紧的，不敢大声笑出来。国王的侍从也没动，他们觉得和其他来宾一起跳舞有失身份。

小约翰也一直忍着不敢笑，但当他看到一只小蛤蟆在一只长蜥蜴周围打着转儿，长蜥蜴时不时又把小蛤蟆高高举起来，在半空中画个半圆时，实在控制不住，一下子欢心地笑出声来。

这引起了一场不小的风波，舞曲戛然而止，国王不耐烦地转过头来责备地看着小约翰。司仪也赶紧来到他的跟前，急急忙忙地敦促他要遵守舞会的秩序，不要大声喧哗。“跳舞是一件每个人必须非常严肃认真来对待的事，”他语重心长地说，“跳舞是绝对不能够被嘲笑的，更何况今晚来的嘉宾都是人中之杰，根本不是为了搞笑的小丑。大家都非常认真负责地跳好每一步，没有人希望被别人嘲笑。你的行为非常粗暴无礼。希望你改正自己的错误，能做到表现得体，而不是像人类那样粗鲁无礼。”

小约翰被这番话吓了一大跳，他感到周围一双双充满敌意的眼睛注视着自己。他与国王的亲近本就给他树敌颇多。

清风娃娃悄悄把小约翰拉到一边，轻声告诉他：“我们最好还是离开吧！你把事情搞砸了，也许因为你是在人类中长大的。”

他们俩慌忙从蝙蝠的翅膀下钻过去，跑进昏暗的走廊里。一只萤火蚯蚓礼貌地在门口等着他们，激动地问他们俩：“你们玩得开心吗？你们同鳌伯国王说话了吗？”

小约翰回答说：“我们玩得很开心，晚会非常热闹。难道你今天晚上只能待在黑暗的走廊里吗？”

“这是我自己愿意的，”萤火蚯蚓用伤心的口吻回答，“我如今已经不太喜欢那些抛头露面的场合。”

清风娃娃反驳道：“不会吧，你说的不是实话。”

“确实是的哦。很久很久以前，我也很喜欢参加舞会，越热闹的地方我就越爱去，但是因为遇到了无数的苦难，如今我升华了，我被净化了。”

萤火蚯蚓为自己的言辞无比感动，他身上的光也因此扑闪了几下而最终熄灭了。还好他们离出口很近，小兔子听到他们的脚步声，把身体稍微挪动了一下，一丝月光照射进洞来，照亮了他们出来的路。

他们一走到外面，小约翰便迫不及待地问萤火蚯蚓道：“萤火蚯蚓，把你的故事讲给我们听听，好不好？”

萤火蚯蚓深深叹了口气：“唉，我的故事很简单，但是会让你们很伤心。它不是什么好故事。”

“给我们讲讲吧，我们很想听。”大家恳求道。

“好吧。你们大家都知道，我们萤火蚯蚓是非常特别的物种，如果我说萤火蚯蚓是一切生物中最聪明的，相信没有人会反对。”

“谁告诉你的？我可不同意。”小兔子反驳道。

萤火蚯蚓用蔑视的口吻追问道：“你们兔子身上会发光吗？”

兔子回答道:“我承认是不会。”

萤火蚯蚓这时高声说:“我们不仅会发光，还可以按照自己的意愿随时把光打开或者关掉。请大家记住这一点！光是大自然最美好的馈赠，发光就是最高级的智慧，是世间万物最渴望得到的。看你们现在谁还能反驳我?！此外，我们男性萤火蚯蚓还有翅膀，能飞到很远很远的地方。”

“我承认我没有翅膀，也不会飞。”小兔子谦虚地回答。

萤火蚯蚓接着说:“因为上天赐予我们发光的天赋，保障了我们的安全，鸟儿不能伤害我们。我们唯一的天敌是世界上最低级的物种，他们搜寻我们，毁灭我们，他们就是人类。人类是万物生灵中最可恶的。”小约翰听完这一席话后注视着清风娃娃，似乎没听懂萤火蚯蚓刚才所说的一切。清风娃娃微笑着示意他别出声。他们继续倾听这只萤火蚯蚓的故事。

“从前，我整天开心地飞来飞去，就好似黑夜的天空中一颗明亮的星星。在一条小溪的岸边有一块潮湿而清静的小草地，那里曾经住着一位萤火蚯蚓姑娘，她是如此牵动着我的幸福。这位佳人浑身闪着淡绿色的光，每当看见她漫步在透亮的嫩草丛中，我这颗年轻的心就为她剧烈地跳动着。我飞舞在她的身边，使劲地扑闪着光亮，想要引起她的注意；当我看到她发现了我，并向我默默地发光示爱时，我内心充满了感激之情。但是，当我激动地收起我的翅膀，决定快活地降落在我那美丽动人的爱人身边时，我的耳边突然传来了一阵惊天动地的响声，一群黑暗的身影出现在我们眼前，他们就是人类。我在慌乱之中逃走了，他们追我，并用黑乎乎的不知道是什么的东西砸过来。但我的翅膀很轻盈，比他们粗笨的腿快得多。可是当我再回头去找她时……”讲故事的声音就此打住，大家都不敢作声，沉默着。

萤火蚯蚓清了清嗓门，接着说：“其实大家已经猜到接下去发生了什么。我的温柔的爱人，世上最美丽最迷人的姑娘，我却怎么也找不到她了，她不知道被那些无恶不作的人类带到哪儿去了。那块清静而潮湿的小草坪被践踏得乱七八糟，小溪边她曾经最喜欢的地方现在空空荡荡，我发现自己被孤零零地留在这个世界上。”

小兔子再次把长耳朵从脑门前拉下来擦干自己的眼泪。

“从那之后我就完全变了，我厌恶所有转瞬即逝的娱乐，我总是思念着自己曾经的爱人，盼望着我们重逢的那一天。”

“哦，原来是这样哦。你还心存希望？”小兔子好奇地问。

“我不只是希望，我知道我们会重逢。在天堂我同我的爱人一定会重逢。”

“我不敢像你这么确定……”小兔子试图追问下去。

“你这啰唆的兔子！”萤火蚯蚓严厉地叫出来，“我相信怀疑者的世界是没有光明的。能看到光明的人会否认光明存在吗？我本人对怀疑者也持怀疑态度。你们看那儿！”萤火蚯蚓一边说一边用手庄严地指着星空中闪耀着的群星，“你们现在看到的就是我的家族，我的朋友和我的爱人。他们在闪闪发光，他们的光芒胜似从前。呜呼，本人何时才能从凡界的苦难中解脱出来，飞向正在向我招手的爱人？唉，我真希望不用再等那么久啦。”

萤火蚯蚓唉声叹气地爬到不远处的一个阴暗角落里躲了起来。

“好可怜呀！”小兔子说，“我真的希望他能与自己的爱人重逢。”

“我也希望。”小约翰回应着。

“我有种不祥的预感，可是那个故事确实非常动人。”清风娃娃说。

“清风娃娃，我很累，很想睡一觉。”小约翰对自己的小伙伴说。

“过来吧，我把外衣脱下来给你当被子。”

清风娃娃脱下自己身上的蓝色外衣，把它盖在小约翰和自己的身上。他们一起在沙丘的斜坡上的一丛散发着清香的青苔上躺下，相互偎依。

小兔子对他们说：“你们往下挪一点就能把头靠在我的毛茸茸的肚皮上。”

他们按小兔子说的去做。

“晚安，妈妈！”清风娃娃对月亮说。

小约翰紧紧攥着那把金钥匙，把头靠在小兔子毛茸茸暖乎乎的身上，不一会就睡熟了。

第 3 章

布莱斯，小约翰在哪儿？快去看看你的小主人到底去哪儿了？

小狗布莱斯从停在芦苇丛中的小船上醒来时，才发现自己的小主人已经消失得毫无踪迹，小狗吓出了一身冷汗，感觉有什么不好的事情发生了。

布莱斯四处寻找小约翰很长时间，不知不觉地发出慌张的哀叫声。可怜的小狗布莱斯！他现在责怪自己睡得那么沉，竟然不知道小主人已经离开了小船。通常情况下布莱斯是很警觉的，稍有响动就会立刻惊醒。

他完全不知道小主人是从什么地方上岸的，可现在沙丘上的脚印也消失得一干二净了，他敏锐的嗅觉也帮不上忙。小狗布莱斯完全绝望了。小主人失踪了！而且消失得一干二净！你要快快去把他找回来！

可是，等一等！看前方的沙丘斜坡上，有个深色的身影，那会不会是小主人？你赶紧好好看看！

小狗目不转睛地望着不远处，用尽全力辨认出自己熟悉的身影，它突然抬起头冲出去，四条腿就像长了翅膀，向沙丘方向狂奔着。

这真的是他望眼欲穿的小主人！布莱斯实在抑制不住自己的兴奋，摇着尾巴，扭动着身体，跳起来，大声欢叫着，把冰凉的鼻子凑到小主人的脸上，不断舔着他、闻着他。

“布莱斯，安静一点好不好？快回到你的睡篮里去。”小约翰半睡半醒地命令道。

小主人好傻啊！沙丘上没有睡篮，根本就没有。

这时朝阳已经初升，一缕晨光照进正在慢慢苏醒的小约翰的梦中。每天清晨醒来时，小约翰都会听到布莱斯在身边嗅来嗅去的声音，每天早上都如此，他早已习惯了。此时，眼前浮现着如梦一般的精灵们的身影与月光晚会的细节，一切都被雾蒙蒙的沙丘环抱着。小约翰很不情愿清晨凉飕飕的空气把他最美好的记忆冲淡。“我不能睁开眼睛，”他默默地想，“因为我一睁开眼睛，就会看见墙上的挂钟和壁纸，和以前一样。我不要！”

但是他感觉躺得不太舒服，也感觉到身上没盖被子。他小心翼翼地把眼睛睁开一条缝，明亮的阳光和湛蓝天空中的一朵朵飘浮的云彩便一下跃入了他的眼帘。

小约翰把眼睛睁得大大的，惊讶地叫出声来：“难道昨天发生的一切是真的？”

他发现自己正躺在沙丘上，明媚的阳光暖洋洋地照在他的身上，他呼吸着新鲜空气。在不远处的地方，一层薄雾缭绕着稀稀疏疏的丛林。他看到池塘边那棵高大的山毛榉依然站立着，层层绿叶环绕着自己家的屋顶。他的耳际充满着蜜蜂和甲壳虫嗡嗡的鸣叫声，此外还有百灵鸟起飞的声音与远处传来的狗叫声，还有从遥远的地方传来的城市的喧哗。这一切都是真的，无可置疑。

但是，梦中的所见所闻，哪些真的是梦？哪些是真正发生过的？清风娃娃在哪儿？小兔子在哪儿？

小约翰找不到他们，只有小狗布莱斯紧紧靠着他，用急切的神情注视着自己的小主人。

“我是不是梦游了？”小约翰不自觉地自言自语道。

他看见身边有一个野兔的巢穴，但是沙丘里这样的巢穴处处皆是。他直起身来，准备好好查看这个巢穴。这时，他突然感到手里攥着什么东西。当他打开自己的手心时，惊讶得一下子说不出话来。他的手心里竟然躺着一把小小的金钥匙。

他简直不知道应该如何解释这一切。

小约翰热泪盈眶地对小狗布莱斯说：“我的好朋友，看来那一切是真真实实发生过的！”

布莱斯跳起来，欢叫着，提醒小主人自己饿了，想回家。

回家？小约翰没有想家，也不是特别想回家，可听到有人喊自己的名字。他意识到，自己的经历不会被认可，回到家，家人一定会责备他。

想到这，小约翰心烦意乱，眼中高兴的泪水也变成了惧怕和后悔的泪水。可是一想到清风娃娃现在已经是自己的好朋友，而且也是他最信任的人，又想起精灵国国王送给他的礼物。一切都发生过，他的故事既美丽又并非谎言，想到这儿，他的内心渐渐平静下来，为即将到来的倒霉事做好了准备。

事情正如他所料，但他万万没有想到家人这么担心他。家人要他郑重保证，今后绝对不能这么调皮，不会再这么随随便便地出走。可是他无论如何都不能做出这样的保证。

“我不能保证。”他坚决地回答。

大家奇怪地看着他。他们审问他，要挟他，求他讲真话，命令他保证今后一定听话。但是小约翰想起了清风娃娃，坚决地摇摇头。

他不怕家人的惩罚，因为有了清风娃娃的友谊，他什么都不怕，愿意为了清风娃娃而接受一切惩罚！他手里紧紧攥着那把金钥匙，闭紧双唇，不透露半点秘密。他一次又一次坚决地回答：“不行！我不能保证！”

父亲最后只好说:“好吧,就由着他去吧。这孩子,看来这件事对他非常重要。他一定经历了什么不同寻常的事,迟早会告诉大家的。”

小约翰笑了,默默吃完早餐,轻手轻脚地回到自己的房间。他从窗帘上割下一根绳子,穿上珍贵的金钥匙戴在脖子上,垂放在胸前,安安心心地去上学了。

在学校里,小约翰一直心不在焉。老师向他提问,他也一问三不知;上课时,他东张西望,全部心思都用来回想昨晚在池塘边发生的那一切不可思议的事,他不明白,作为精灵国国王的朋友,竟然还需要做算术题和上语法课!昨晚发生的一切都再真实不过了,但周围的人谁都不知道,他们甚至不愿意相信他,不愿意明白他所描述的一切,连老师也不例外——老师只是用严厉的目光瞪着小约翰,傲慢地叫他是大懒虫,并且惩罚他做练习题。

“你们什么都不懂,随便你们怎么骂我。我是清风娃娃的朋友,对我来说,清风娃娃比所有人都重要,就连老师也比不过清风娃娃。”小约翰坚定不移地想。

小约翰知道自己这样想对人类不公平，但是昨晚听到那些动物对人类的议论后，他对人类的看法也大不如前。最终，他认为自己的智慧还是不够保守秘密，最好还是保持沉默为好。

随后，当老师讲到只有上帝创造的会说话的人类才是有才华的，人类是驾驭万物的统治者时，小约翰不禁笑出声来。老师严厉地批评他，给他一次警告。随后，他的同桌朗诵课文道："我的祖母虽然年纪很大了，但是也没有太阳姥姥年纪那么大。"这时小约翰情不自禁地大声说："不对不对，是太阳公公，太阳是男的。"

全班同学捧腹大笑，老师也表示对小约翰的愚蠢非常惊讶，他下课后把小约翰留下来，让他抄写一百遍：我的祖母虽然年纪很大了，但是也没有太阳姥姥的年纪那么大，而我的自负和愚蠢由来已久。

教室里同学们都走空了，小约翰孤零零一人坐在大大的教室里抄写句子。阳光照进窗口，照亮了空气里飘浮的一粒粒尘埃，墙上的一片片光斑在舞蹈着，随着时间的推移慢慢移动到边缘。老师也离开了教室，走时把门紧紧关上了。小约翰已经写了五十二遍“太阳姥姥”。这时，突然有一只小耗子敏捷地顺着墙边悄悄向他爬过来，他长着一双黑珠子一样闪亮的小眼睛，粉红色的耳朵圆圆的。小约翰一动也不敢动，更不敢出声，生怕吓着这只可爱的小动物。小耗子似乎并不怕人，慢慢靠近小约翰，机警地望了望四周，然后纵身一跃，蹦到椅子上，接着又一下，蹦到小约翰写字的桌子上。

小约翰打招呼道：“喂，伙计！你可真是一只勇敢无畏的小耗子哦！”

“我知道有些人不用害怕。”小耗子尖声尖气地回答他，并露出一排很细小的牙齿，似乎在微笑。

小约翰如今对奇怪事已见怪不怪了，但眼睛还是睁得大大的，因为现在是在学校里，而且还是大白天，这种奇迹发生在此时此刻，确实是件很稀罕的事。

“我不会伤害你的，”他小声说，生怕会惊吓到小耗子，“是清风娃娃让你来找我的吗？”

“我是来告诉你，老师说得对，你被罚抄写也是应该的。”小耗子说。

“可是清风娃娃告诉我太阳是男的，太阳是我们的父亲。”小约翰急忙辩解道。

“可是他只是告诉你一个人，其他人不必知道。这些敏感的事情你不应该告诉人类，他们的想法不够细腻。人类是一群愚蠢无知的家伙，他们只知道捕捉一切生命，杀害一切生命，我们耗子就深受其害。”

“那你们耗子为什么要待在人类身边呢？为什么不搬到森林里去住呢？”小约翰反驳道。

“我们搬到那儿会不习惯的。我们已经习惯吃城市里的食物，而且平时谨慎行事，知道哪里有鼠夹，知道怎样避免被人类的脚踩到，还是可以在人类中生活得不错的。最可恶的是，人类与猫狼狈为奸，这是耗子最大的灾难。可是如果我们回到森林里去，那里也有猫头鹰和雀鹰，是我们的天敌，我们会很快灭绝……唉，生老病死是人之常情，谁也免不了。好吧，小约翰，记住我的话。老师来了！”

“小耗子，你别走！请你问问清风娃娃我的金钥匙是做什么用的。我把它挂在脖子上，贴在我的胸前，但是每周六我要洗澡，我怕被人看见。请告诉我把金钥匙藏在什么地方最安全。”

“当然是藏在地下，埋到地下去是最保险的，谁也找不到。要我帮你吗？”

“这不行！不能埋在学校里。”

“那就埋在沙丘那边吧。我告诉我的田鼠表弟，让他好好看管就是了。”

“谢谢你，小耗子！你真好。”

老师沉重的脚步声渐渐走近了，小约翰正把笔尖伸进墨水瓶蘸墨水的瞬间，小耗子已经消失不见了。老师也想下班回家了，于是免去了小约翰剩下的四十八遍。

接下来的两天，小约翰在战战兢兢中生活，他被家人严格控制在监视范围内，不放开半步，以免他逃到沙丘那里去玩。“已经是周五了，金钥匙依然挂在胸前，明天就要洗澡换衣服了，如果别人发现了他的秘密，一定会没收他的金钥匙。”小约翰非常担心地想着。他不敢把钥匙藏在家里或者花园里，家里几乎没有什么地方是安全的。

到了周五傍晚，夕阳正在西落。小约翰坐在自己卧室的窗前，看向窗外，花园里的灌木丛葱葱郁郁，远方的沙丘真美，他真想出去玩儿。

“清风娃娃，快来帮帮我！”他悄声呼喊着，生怕有人在偷听。忽然，他听见翅膀扇动的声音，就在他的身边，他也闻到一阵勿忘我的花香，一个熟悉而动听的声音传入他的耳中。清风娃娃转眼间已经坐在窗台边离他很近的地方，他手里握着一朵勿忘我，用手轻轻摇动着长长的花茎。

“你终于来了！我等你等了好久！”小约翰说。

“跟我来，小约翰。我们一起去把你的金钥匙藏起来。”

“我不能出去。”小约翰深深叹了一口气。

清风娃娃紧紧拉着他的手。小约翰感觉到身体慢慢变得很轻盈，轻得就像蒲公英的种子；他随着一阵晚风，飘出窗外。

小约翰一边飞一边说：“清风娃娃，我很爱你。我愿意为你放弃自己所有的亲人，甚至放弃小狗布莱斯。”

清风娃娃问：“小猫西蒙呢？你愿意离开他吗？”

“小猫西蒙不在乎我爱不爱他，他肯定觉得爱情是很可笑的儿戏。西蒙只爱卖鱼的人，而且也只是在他感到饿的时候。清风娃娃，你觉得这只猫正常吗？”

“不正常，这只猫从前是人类来着。”

他还没说完，一只金龟子迎面扑飞过来，重重地撞在小约翰身上。金龟子抱怨道：“你怎么啦？难道没长眼睛？你们这些精灵整天就知道横冲直撞，好像全世界都是你家的！这就是无所事事之人的缺点，成天游手好闲，动不动就飞来飞去。不像我，我飞来飞去是有目的的，我总在觅食，我整天都要吃东西。我简直被你们这些精灵弄得头晕眼花。”

他嗡嗡嗡抱怨着飞走了。

“我们不吃不喝，是不是让他感到很不高兴？”小约翰问清风娃娃。

“金龟子就是这样。在金龟子世界里，最高级的爱好就是吃吃吃。你想不想听我讲一位年轻的金龟子的故事？”

“讲给我听吧，清风娃娃。”

“从前有一位既年轻又美丽的金龟子，他在黑暗的地下待了整整一年，每天都期待着泥土外的温暖夜晚。五月，这只金龟子终于破土而出。当他第一次把头探出土外时，外面绿色的世界让他无比快乐。风中来回摇摆着的野草和唱着歌儿的小鸟都向他问好，金龟子感到有些害羞，这个崭新的世界使他感到有些无所适从，他撑开自己扇形的触角，用触角小心翼翼地抚摸着身边的草尖，这时，金龟子猛然间意识到自己是个男孩，特别英俊那种，有着黝黑而光亮的大腿、健壮的身体，胸部上的盔甲泛着威武的光芒。很巧的是，此时在离他不远的地方有另一只金龟子，这只金龟子比他早出世一天。在金龟子世界里他应该属于先辈，虽然这位先辈远远不如自己英俊，但年轻的金龟子还是谦虚地向他问好。金龟子很愿意向先辈请教一些问题。

‘小朋友，你想知道什么就尽管问吧！’先辈傲慢地说。他打量着眼前这位年轻人，然后问道：‘你该不是没长眼睛迷路了吧？’

‘不是，不是！’晚辈客气地回答，‘我不知道来到这个世上究竟要干什么。请您告诉我，金龟子都该做些什么？’

‘哦，原来是这样！’先辈回答，‘一无所知，其实这也不能怪你，我从前也跟你一样。你现在好好听着，我慢慢讲给你听就是了。金龟子一生中最重要的事莫过于吃饭。离这儿不远的地方，有一丛芬芳无比的椴树林，那是专门长出来给我们金龟子吃的，能吃多少就有多少。'

'是谁种的椴树林呢？'

'种植椴树那个家伙巨大无比。那个大家伙每天早晨来到椴树林，把吃得饱饱的金龟子们带到一座很舒服的房子里。这座房子很明亮，所有金龟子都欢聚在那儿。如果不专心好好吃饭，无所事事地整夜飞来飞去，这样的金龟子就会被蝙蝠吃掉。'

'蝙蝠是什么？'晚辈战战兢兢地问。

'那是一种牙齿尖尖的很可怕的魔鬼，他会突然跟在我们身后，然后捉住我们吃掉，一边吃一边会从牙齿缝里发出脆脆的咀嚼声。'先辈话音未落，从他们的头顶上传来一阵尖锐的吱吱的叫声，把他们俩顿时吓得魂不附体。

'你听见了吗？那就是魔鬼的声音，'前辈惊慌失措地叫出声来，'小朋友，你一定要当心！你遇到我算你运气好。我给你及时警告。你今天要在世上度过第一个夜晚，一定要好好珍惜，吃个饱。记住了，你吃得越少就越容易被蝙蝠抓住。只有认真对待吃饭使命的金龟子，才能去那间很明亮的大房子。你一定要牢牢记住我的话！你一定要记住你的使命：吃！’

说完这番话，比晚辈大整整一天的先辈就穿过草地，大摇大摆地爬着离开了。小约翰，你知道使命是什么吗？你不知道吧？那只年轻的金龟子也不知道使命是什么，他只明白与吃有关，但是不知道哪里才能找到椴树林。此时这只年轻的金龟子发现身边有一棵很细却很坚韧的草，这棵草在风中使劲地摇啊摇。他用自己六只健壮的腿紧紧夹住这棵草，虽然草摇晃得厉害，往上爬的路看起来很陡很艰险，但是金龟子决定无论如何都要克服心中的惧怕。‘这是我的使命！’他下定决心，继续勇敢地往上爬。一开始他爬得很慢，而且常常会掉回出发的地方。但当他最终爬到草尖时，随着风疯狂地摇摆着，心中充满了满足感。他眺望着远方，仿佛自己就是全世界的主人，周围只有空气，没有任何障碍。这种滋味实在太爽太完美啦！他深深呼吸着自由的空气，简直不敢相信眼前这般奇迹！金龟子想爬得更高、看得更远！

他兴奋地打开自己的外壳，扇动了一会儿厚厚的翅膀。他想爬到更高的地方，越高越好！他再次扇动自己的翅膀，同时腿放开紧紧抓住的草，起飞了！他飞在夜晚幽静而温暖的空气中，这太痛快了，他情不自禁呼喊出声来。”

“后来发生了什么？”小约翰迫不及待地问。

“故事的结局比较令人悲伤，我以后再慢慢告诉你吧。”

小约翰和晴天娃娃一起飞过池塘。这个季节的最后几只白色的蝴蝶同他们一起飞舞着。

“你们去哪儿？”蝴蝶们问。

“去沙丘斜坡上盛开着的那丛蔷薇那儿。”

“我们也想去！带我们去吧！”

从远处已经可以看见那丛盛开的蔷薇，花朵们淡黄色的花瓣吐露出柔和的芬芳，含苞欲放的骨朵儿透出红色，盛开的花朵掺杂着红色的条纹，他们在沙丘上互相争艳。野花们默默地绽放着，四周的空气因为他们而充满甜美的气息，沙丘精灵们就是靠采食这些神奇的密刺蔷薇维持生命。

蝴蝶们翩翩落在花丛中，嬉戏着，从一朵花飞向另一朵花。

“我们带来了一个秘密，想请你为我们保管，可以吗？”清风娃娃对密刺蔷薇说。

“当然可以，完全没有问题！”密刺蔷薇耳语道，“我是个非常有耐心的人，如果人们不来把我挖出来移到别的地方，我会一直待在这儿。我的身上长满了刺，可以保护自己。”

这时田鼠也来了，他是小约翰在学校里遇见的那只小耗子的表弟。田鼠在蔷薇花的根下面挖出了一条地道，然后把金钥匙放到里面。

蔷薇花把自己满身是刺的枝叶伸到地道的入口处，把它封住，并庄严地宣誓一定会保护这个秘密。蝴蝶是他们的证人。

第二天早上，小约翰在自己家的床上醒来，小狗布莱斯躺在他的身边。挂钟和壁纸依然还在原来的位置，但是昨天还挂在他脖子上的那根绳子和绳子上面的那把小小的金钥匙却不见了。

第 4 章

“真要命！这么漫长的夏天可真折磨人。”一个火炉唉声叹气地对同伴们说。

老屋的阁楼上有一个阴暗的角落，那里有三个火炉靠在一起聊天。

“我已经好几个星期没看见这家人了，也没听见他们说上几句懂事的话。你们看看，大厅里没有我们显得多无聊，空空荡荡的，实在令人无法忍受！”

第二个火炉接过他的话茬说：“我现在身上沾满了蜘蛛网，冬天里就不会这样的。”

第三个火炉乘势火上添油，接着说："我身上蒙着这么厚的一层灰，都快羞死了。我好像听诗人说起过，冬天来了，黑铁匠又要出现了，我们这么脏，该怎么办？"

这是他上回从小约翰那里听到的，小约翰冬天时会在火炉前念几首诗来给自己解闷。

第一个火炉也是三个中年纪最大的，反驳道："你对铁匠这么不尊重，我可不同意！"

这时，在地上四处躺着的钳子和用来铲炭灰的铲子一个个从防锈纸里探出头，他们也对这种轻率的语气表示反对。

阁楼上的对话此时戛然而止，因为有人正在推门，一丝亮光穿透黑暗射到最深处的角落，阁楼上沾满灰尘的一切都暴露得一览无余，让他们的脸上尽显出些尴尬。

来人是小约翰，他的到来打断了阁楼上的议论。

小约翰非常喜欢到阁楼上玩，尤其是经历了那一系列的奇迹之后，更常常到这里寻找自己所需要的宁静与孤独。阁楼有一扇窗，打开窗前的木帘子就可以眺望到沙丘的方向。在神秘幽暗的阁楼，当木帘子被打开，可以看到阳光下笼罩的景致，浅色的沙丘在他的眼前悠然地滚动，一直延伸到远方。

从周五晚上在蔷薇那存放钥匙算起，已经有三个星期了，小约翰一直没有再见到清风娃娃。金钥匙也不见了，没有任何线索可以证明那一切确实存在过，而不是一个梦。他常常害怕发生的一切是自己凭空想象出来的，并非真有其事。这让小约翰一直心事重重。他常常沉默不语，以至爸爸担忧地对人说，这也许是因为小约翰上次在沙丘上过夜后得了什么病。而小约翰只是在思念清风娃娃。

“他像我爱他一样爱我吗？”他一边在阁楼的窗前眺望着被绿油油的草与盛开的鲜花覆盖着的沙丘，一边默默地想，“为什么他来这里找我。如果我能去看他那该有多好……可是，他也许有许多朋友，也许会更爱他们。我呢，我没有其他的朋友，一个也没有。我只爱他。我那么爱他，真的特别爱他！”

在深蓝色的天空中，六只白鸽排成一行，飞过小约翰家的老屋顶。小约翰能清楚地听见翅膀扇动的声音。鸽子们似乎有着相同的想法，转向、掉头都敏捷而统一，仿佛尽情地享受无尽的阳光。

突然，他们猛地飞向小约翰的窗前，在水管上落定，拍着翅膀前后走动，咕咕叫着。小约翰注意到其中一只鸽子的翅膀里插着一根红色的羽毛，这只鸽子此时正竖起全身的羽毛，竭尽全力把红羽毛从身上拔出来，然后衔在嘴里，飞到小约翰身边，递给他。

小约翰都还没来得及接稳，身体已经变得就像羽毛一般轻盈。他伸出双臂。一行白鸽飞上天空簇拥着小约翰，他们一同翱翔在灿烂的阳光中。小约翰的眼中除了湛蓝的天空和白色的翅膀外什么也没有，世界是如此广阔无边。

他们一起飞过花园的上空，飞往好似碧绿的波涛一般起伏着的森林。小约翰一低头便看见父亲坐在敞开的窗前，小猫西蒙安安静静地躺在沙发上晒太阳。

“他们看到我了吗？”小约翰默默地想，但是不敢大声叫他们。

小狗布莱斯奔跑着穿过花园，边跑边嗅着小径两旁的灌木和每一堵墙，用爪子抓着温室的门，四处寻找突然消失的小主人。

“布莱斯，我在这儿！”小约翰呼喊着小狗的名字。布莱斯抬起头，使劲地摇着尾巴，不断地汪汪叫着呼唤自己的小主人。

“布莱斯，我很快就回来！等着我！”小约翰大声叫着，越飞越远。

他们飞过森林的上空，与栖息在树顶上的乌鸦擦肩而过。正值盛夏，盛开的椴树花的浓郁的芬芳从绿色的森林里飘散到云间。在一棵椴树高处的树梢上有一个空巢，小约翰在那里突然发现了清风娃娃，他头上戴着迎风飘舞的花冠。清风娃娃正在向自己的朋友招手。

“欢迎你！你来了我好开心，”他大声叫着，“我让鸽子们去接你。你要是愿意，这次可以在这儿停留得久一些。”

“我非常愿意。”小约翰回答。

小约翰谢过鸽子们给他带路，便跟着清风娃娃一起降落到森林中。这里很凉快，空气很清新，金黄鹂在他们耳边欢叫着，重复同一首歌，但每次又似乎有所不同。

“可怜的小鸟儿，”清风娃娃说，“他从前住在天堂。你看看他的羽毛就能猜得出来。但是某一天，他变了，从那以后就被从天堂里驱赶出来，只有一句谜语可以还原他从前那身华丽的羽毛，并让他重返天堂，可是他忘记了那句谜语。如今，他日复一日地试着这个谜语，可是总念不对。”

森林里，阳光从厚厚的绿叶间直射下来，无数昆虫舞蹈着，泛起点点光彩。如果仔细聆听，可以听见它们嗡嗡嗡的交响乐长时间萦绕在这广阔的空间，好似一束束阳光在弹拨琴弦。

一层厚厚的深绿色的青苔覆盖在土壤上。小约翰已经变得很小，地上青苔对他而言就像巨大的森林。它们的枝条是那么优雅，连成茂密的一大片！小约翰在青苔森林中艰难地前行，森林永无止境，似乎一直延伸到天边。

不久，他们经过蚂蚁的小路。成百上千的蚂蚁在忙忙碌碌地来回奔跑，有的扛着一片小木块，有的嘴里含着一片叶子或者一棵小草。他们密密麻麻一大片，小约翰看得头都晕了。

这些蚂蚁太忙了，他们找了很久才找到一位蚂蚁社会的发言人。他是一位年事已高的老蚂蚁，也是蚜虫守卫者，蚂蚁能够从蚜虫身上获得蜜露。他看管的蚜虫现在很安静，所以有空接待客人，并愿意带他们参观一下大蚁穴。蚁穴位于一棵老树的树根下，非常巨大，有很多通道和小房间。蚜虫守卫者向客人们一边讲解着，一边带他们到四处去参观，甚至参观了蚂蚁的婴儿室，蚂蚁宝宝们正在从白色的蛹里爬出来，小约翰感到既惊讶又兴奋。

蚜虫守卫者告诉客人们说，他们之所以这么忙，是因为迫在眉睫的战事。他们计划袭击不远处的另一个蚂蚁王国，占领敌人的老巢，摧毁他们的后方。为了集中力量进行战斗，所有工作必须提前安排好。

“但是为什么要打仗呢？”小约翰问，“我觉得战争不是一件好事。”

“不对，不对！你完全理解错了！”蚜虫守卫者回答，“这是一场很美丽、很光荣的战争。你要知道，我们去进攻的可是暴力蚂蚁。消灭这个有害的物种，当然是一件好事。”

“难道你们不是暴力蚂蚁？”小约翰追问道。

“当然不是喽！你难道不知道我们属于和平蚂蚁家族？”

“和平蚂蚁是什么呢？”

“你难道不知道吗？那听我慢慢给你解释一下。从前所有的蚂蚁都非常好战，几乎天天都在打仗，死伤数量极其庞大。有一天，一只聪明善良的蚂蚁提议，如果蚂蚁之间能够协商好，不再互相残杀，就能够避免很多没有必要的灾难。但是，当这只蚂蚁提出这个建议时，大家都觉得很奇怪，所以一起把这只蚂蚁嚼碎了。后来又出现了一些蚂蚁，也提出了同样的建议，同样被同伴们一个个嚼碎了。可是再后来，有很多蚂蚁都提出同样的建议，这时要把他们一个个都嚼碎确实很累，几乎是一件不可能的事。从此以后这些蚂蚁就把自己称为和平蚂蚁，并且坚持只有自己的观点才是正确的，谁反对他们，他们就会把反对者嚼烂。就这样一直到今天，几乎所有的蚂蚁都变成了和平蚂蚁，从前牺牲的第一只蚂蚁的尸体被郑重地保存供奉起来。我们这个王国，保存着他的头。那颗头可是真的，一点不假，就摆放在蚂蚁博物馆里展览。我们至今已经摧毁了十二个暴力蚂蚁王国，连根斩尽，因为他们居然敢说自己拥有第一只和平蚂蚁的头。现在还剩下四个暴力蚂蚁王国声称自己有真品头，而且居然敢说自己是和平蚂蚁，但事实上他们都是暴力蚂蚁——我们保留的才是第一只和平蚂蚁的头，始祖的头只有一个。明天我们就要去进攻第十三个暴力蚂蚁王国，这是我们的光荣任务。”

“原来是这样！”小约翰赶紧回答，“确实不可思议！”

其实小约翰听完蚂蚁的故事有些害怕，直到和忠实的蚜虫守卫者告别，来到离蚂蚁王国很远的一棵草尖上休息时，才慢慢放松下来。他安安静静地在一片绿莹莹的树叶下乘着凉，深深叹了一口气说：“唉，那真是一个非常好战、非常愚蠢的种族。”

清风娃娃笑盈盈地坐在草尖秋千上，对小约翰说：“你不能说他们愚蠢，人类还向蚂蚁学习这种智慧呢！”

随后，清风娃娃带小约翰参观森林里的奇闻异事。他们一起飞向高处，去看停在高高的树梢上或者藏在密集的灌木丛中的鸟儿们，钻到鼹鼠精心设计的家里做客，还参观了老树干上的蜂巢。

后来他们来到一片开阔的空地，四周是茂密的矮树林。金银花遍开，优雅的枝条覆盖着野灌木丛，盛开的花儿从绿叶中星星点点探出，散发出阵阵清香。一群画眉鸟在树丛间欢快地跳跃，发出熙熙攘攘的叫声。

小约翰说："我们在这儿休息一下吧，这儿很舒服。"

清风娃娃说："是很不错，你等会儿会看到滑稽有趣的事哦。"

草地上开满了蓝色的风信子，小约翰坐到一朵花前，开始和蜜蜂蝴蝶们聊天。蜜蜂和蝴蝶都是风信子的朋友，他们之间的对话很快就亲密无间起来。

那是什么？

突然，一个巨大的阴影掠过草地，一朵云彩一样的东西落在风信子身上。小约翰被它盖在下面，赶紧飞到坐在一朵盛开的金银花上的清风娃娃身边。他眨眨眼，终于看清楚了，原来那朵云彩是一块手帕。随后，一个胖胖的女人重重地坐到手帕上，压在弱小的风信子的身上。

小约翰还没来得及为风信子哀叹，沸沸扬扬的人声和树枝被折断的声音已经充满了森林里的空地，不远处有一群人正在慢慢走近他们。

清风娃娃大声说：“现在是我们开怀大笑的时候啦。”

只见那群人来到这里，女人们手里拿着篮子和雨伞，男人们戴着黑色的高筒帽，穿着黑衣服，犹如一片黑压压的乌鸦一般。在阳光灿烂的绿色森林里，他们就像是一大片肮脏的黑墨水被什么人一不小心泼在了一张美丽的画上。

灌木丛被人类粗暴地推开，花朵们遭到他们践踏，还有更多的手帕铺到地上。吃苦耐劳的小草和习惯忍辱负重的青苔叹息着，他们被重重的身体压低了头，担心自己永远也不会恢复到从前的样子。

雪茄烟的烟圈环绕着盛开的金银花，把花儿的清香驱赶得一干二净。人群大声的嚷叫声，淹没了欢快的鸟叫声，小鸟们争先恐后地惊叫着，逃到远处的树丛中躲起来。

这时，一个脸色苍白、一头金色长发的男人从人群里走了出来，站到一座小山坡上。他不知说了一句什么之后，所有人都张开嘴巴开始唱歌。他们的歌声震耳欲聋，树上的乌鸦吃惊地从高处的窝里飞出来，好奇的野兔们从沙丘边缘赶来凑热闹，结果被吓得转身就跑，直到逃回沙丘里的家里才安稳下来。

清风娃娃捧腹大笑，用一根蕨树枝驱赶面前的雪茄烟雾。小约翰也笑个不停，直到笑出了泪水。

小约翰说："清风娃娃，我想离开这里，他们太丑陋、太粗鄙了。"

"我们先别走，再待一会儿，还有更好玩的事，你会笑的。"

歌声停止了，那个脸色苍白的男人开始演讲，他大声叫喊着，好让所有人都能听见。他所讲的话听上去都很不错，把人类都称为自己的兄弟姐妹，热烈地赞美自然与造化所赋予世界的奇迹，称颂神圣的阳光、可爱的鸟儿、各色花卉，等等。

小约翰惊讶地问："他到底说的是什么？他为什么说这

些？难道他认识你？他是你的朋友吗？”

清风娃娃蔑视地摇着戴着花环的头。

“他不认识我，也不认识阳光、小鸟和花朵们。他说的一切都是谎言。”

所有人都在聚精会神地听他演讲，坐在风信子身上的胖女人情不自禁地哭出声来，她一边哭一边用自己裙子擦干眼泪，因为她把手帕铺在地上了。

脸色苍白的男人说，上帝为了他们的聚会，给大家带来这么好的天气。清风娃娃听到这里，顿时大笑起来，拾起一粒橡果对准男人扔过去，正好打在他的鼻尖上。

清风娃娃说：“他应该少些胡言乱语的。我爸爸为他带来好天气，想得真美！”

脸色苍白的男人口若悬河，根本没注意那颗从天而降的橡果。他滔滔不绝地继续演讲，讲得越多，声音就越大。说到最后，他的脸一阵红一阵紫，紧握着拳头，大声叫嚣着，他的声音把树叶和小草都吓得抖起来。最后，当他平静下来的时候，人群又开始唱起歌。

“真要命！”一只黑鸟在一棵很高的大树顶叫出声来，“这简直是让人不得安宁！我宁愿牛在森林里到处乱窜，也不愿这些人在这儿又吵又闹。谁受得了，真要命！”

这只黑鸟是森林里的专家，他最懂得什么才是动听的歌声。

唱完歌，人们开始从带来的篮子里、盒子里和袋子里拿出各种各样的点心和小食，他们铺好纸，传递着面包和橙子，还有人拿出酒和杯子，给所有人斟满。

正在此时，清风娃娃把自然界的所有同伴叫到身边，准备袭击这些正在吃喝玩乐的人类。

一只青蛙勇敢地跳到一个老女人的腿上，又跳到她往嘴里送的面包上，静静地瞪着她，仿佛被自己的勇气吓呆似的。老女人发出一声尖叫，目瞪口呆，盯着袭击她的青蛙，不敢做出任何动作。青蛙勇敢的壮举赢得了大伙儿的热烈响应，绿色的毛毛虫不慌不忙地爬到分散在草地四处的帽子上、手帕上和面包上，把很多人都吓了一跳；大蜘蛛们也从网上下来，爬进啤酒杯里，或者钻进人们的头发里和衣领下，尖叫声瞬时间此起彼伏；一大群苍蝇则群起进攻，撞到人们的脸上，有的干脆就大义凛然地跳到吃的和喝的东西里面搞破坏；大伙儿都愿意为了森林的美好的明天献出自己的生命。最后，浩浩荡荡的蚂蚁大军终于到达了，千军万马用强大的攻势进攻敌人最没有防御的地方，这瞬间引发了混乱，所有人都从地上跳起来，被他们压在身下的小草和青苔得到了解放，人们慌慌张张地逃向四方。两条长长的蠼螋爬到那个胖女人的腿上，把她吓跑了，被她的身体压着那朵蓝色的风信子终于也能够畅快地呼吸了。人们越来越绝望，一个个张牙舞爪，狼狈地想要躲开这些袭击者的进攻。那个脸色苍白的男人一直在全力抵抗，用手里的黑拐杖驱赶着袭击者。几只奋不顾身的山雀与一只黄蜂组成搭档，协力配合，黄蜂透过他的裤子在腿肚儿上一刺，让他失去了战斗能力。

太阳似乎已经失去了先前的好心情，干脆躲到云后面去了，大大的雨点落在森林里最后的战场上。倾盆大雨中，几十张大伞匆匆撑开，一下蹿出了一大片黑色的毒蘑菇。女人们掀起裙子顶在头上，露出白色的衬裙、穿着白色长筒袜的大腿和平底鞋。清风娃娃简直开心得要疯了，他双手紧紧抓着一朵花的枝条，好让自己不会笑瘫在地上。

雨下得越来越急，闪亮的灰色水帘包裹着森林，大粒大粒的水珠子从乌黑的雨伞上、高筒帽上和大衣上滚落下来，宛如水蛇。人类顾不得其他，离开了森林，他们情绪沮丧，成群结队默默无语地走开，留下废纸、空瓶和橙皮等恶心的垃圾。空地上很快就恢复了原有的宁静，四下里只听得见唰啦啦的雨声。

“好吧，小约翰，现在你看到人类是多么愚蠢和丑恶了吧。你为什么不笑呢？”

“唉，清风娃娃，你难道觉得所有人类都跟他们一样吗？”

“我知道，还有比刚才那些人更愚蠢、更丑恶的，他们穷凶极恶，毁灭世上一切美好的东西，他们砍树，在空地上盖起一座座四四方方的笨重的楼房；他们随意践踏盛开的花朵，肆意伤害动物。在他们建造的拥挤的城市里，到处肮脏又黑暗，空气混浊，弥漫着臭烘烘的气味和烟雾；他们离大自然非常遥远，互相之间也很疏远，这就是为什么当他们回到大自然的怀抱中时，会显得那么愚蠢、荒唐。”

“清风娃娃，你快别说了！”

“咦，小约翰，你为什么哭了？你不用为自己出生在人类世界而悲伤。我很爱你，把你选为我最要好、最特别的朋友，我会教你怎样听懂蝴蝶和小鸟的语言。现在月亮认识你，大地也把你当成自己最溺爱的孩子。我是你的朋友，你为什么不因此感到高兴呢？”

“我确实感到非常高兴，清风娃娃！但是我为人类感到悲伤，我为他们流泪。”

“告诉我为什么？如果很烦忧的话，你不用一直待在人类的世界。你可以一直住在这儿，陪我玩儿。我们可以住在离森林最近的地方，或者住在阳光明媚的宁静沙丘，也可以住在池塘边的芦苇丛中。我可以带你去任何地方，带你去看水底的植物，带你去参观水底精灵的宫殿和地精们的房子；我也可以带你飞越田野与森林，飞越异国的土地与海洋，让蜘蛛给你做漂亮的衣裳并给你一对翅膀，就像我一样。我们可以把花朵当食物，同精灵们一起在月光下舞蹈。秋天到来时，我们便追随着夏天去棕榈树生长的地方，去欣赏那里的岩石上怒放的鲜花和阳光下闪着片片粼光的深蓝色海洋。我会给你讲很多神奇的故事……你愿意吗，小约翰？”

“我永远见不到人类了吗？”

“人类只能给你无限的悲哀、厌倦、烦恼和担忧，他们会让你每天有心事，每天为了生活而叹息。这些粗暴的事情会伤害你细腻的灵魂，把你折磨致死。比起我，你是不是更爱人类，小约翰？”

“不是这样，清风娃娃！我想留在你身边！”

现在小约翰可以表示自己多爱清风娃娃。是的，他愿意为了清风娃娃放弃世间的一切，离开他的小卧室，离开小狗布莱斯，甚至父亲。他兴奋而坚决地表达了自己的心愿。

雨这时已经停了，太阳从乌云间露出笑脸，照亮了森林的上空，照亮了湿润闪亮的树叶和树枝。橡树叶间的蜘蛛网上悬挂着水晶一般耀眼的水珠。从灌木丛中和潮湿的地上，缓缓升起了一层薄雾，带着一股悠远而醉人的气息，夹杂着甘美梦幻的香味。一只黑鸟盘旋在高高的树梢上，给落日献上一曲亲密的短歌，他似乎是精心挑选了最适合傍晚的曲调，来柔和雨滴，组成浑然一体的合奏。

“难道你不觉得这比人类的歌声更动听吗，小约翰？黑鸟是天生的音乐家，他最知道什么是最动人的曲调。这里的一切都是和谐的，这种完美在人类那里是无法找到的。”

“清风娃娃，我不知道和谐是什么意思。”

“和谐与幸福是同样的意思，我们都在追求。人类也追求和谐，但是他们却像一个追赶蝴蝶的莽撞男孩儿，一切的努力终将是徒劳的，因为蝴蝶是会飞走的。”

“我跟你在一起会找到和谐吗？”

“一定会找到的！但你必须忘记人类。出生在人类世界是你最大的不幸，但你年龄还小，应该放弃关于过去拥有的人类世界生活的所有记忆。与人类在一起你会迷失方向，会困惑，会陷入矛盾与各种痛苦，你的命运会像我给你讲的故事里的那只金龟子一样。”

“后来金龟子到底发生了什么？”

“他最终找到了先辈提起过的那个大家伙，想尽快飞到那间发光的房子。他刚飞进去，就被一个人捉住了。这人整整折磨了他三天，把他关在一个纸盒里，用线捆住他的腿，使唤他飞来飞去。他最终挣脱了身上的束缚，却失去了一只翅膀和一条大腿。最后，他落在一块地毯上，绝望地爬着，奋力地想去往花园里，这时一个过路的人，不小心一脚把他踩死了。

“小约翰，你听我说，所有在黑夜里活动的生灵，和我们一样都是太阳的孩子。虽然从来没见过他们闪光的父亲，但是都能模模糊糊地记起他的英姿，他们会在黑暗里去寻找发光的地方。成千上万的夜生灵，为了寻找对他们来说陌生的光明，牺牲自己的生命。同样地，一种相似的无可抗拒不可理解的冲动，让人类毁灭在自己制造的光芒幻觉中。”

小约翰好奇地抬头看着清风娃娃深邃而神秘的眼睛，不禁想起繁星点缀的璀璨夜空。

“你所说的光芒是指上帝吗？”他小心翼翼地问。

“上帝？”清风娃娃的眼中掠过一丝轻柔的微笑，“小约翰，我知道每当你提起‘上帝’这个词时，你想的是什么，你在想卧室床前的那张凳子，每天晚上你都要跪在上面长时间地祷告；你想着教堂窗上的绿窗帘，每个星期天做礼拜时你都在看着它；你会记起《圣经》里的那些名言警句，想着长手柄的捐款袋，想着那可笑歌声，外加难闻的气味。小约翰，也许这就是这个词的所有意义，但其实都是虚假的幻想。光明就是光明，光明并不是教堂里那盏沾了许许多多死蚊子的大煤油灯。”

“但是清风娃娃，请你告诉我，你说的那个‘光明’究竟是指什么呢？我又应该向谁祈祷？”

“小约翰，你的问题就好像是一棵柔弱的小草问我滋养它的大地到底应该怎样称呼。如果你已经知道问题的答案，那么你就会像大地的精灵那样听见来自星星的歌声。但是，我今天还是想教你怎样祈祷。”

清风娃娃在这样说着的同时，带着仍然沉浸在苦思冥想中的小约翰飞出了森林，一起飞向天空。渐渐地，他们能看见覆在沙丘边缘的长长的、金光闪闪的线条。他们在沙丘的上空翱翔，眺望眼底千变万化的阴影，天边的金色线条也变得越来越宽。绿色的沙丘在他们身后渐渐消失，变得越来越模糊。现在他们能看见一些很奇特的浅蓝色的植物生长在其间。再往更远处是一行高高的山峦和一块狭窄的不断延伸着的沙地。猛然间，宽广而壮丽的海洋出现在他们眼前，湛蓝的海水延伸到天边。小约翰看见，在太阳的照耀下，海天相接处出现了一线闪耀而刺眼的红色，海洋被一圈柔软的白色泡沫包围着，就好似蓝色的天鹅绒周围镶嵌了一圈贵重的貂皮。

天际的海水与天空之间由一条神奇的、很细的线分隔开，这让小约翰感到非常惊讶，因为这条线显得既整齐又起伏不定，既清晰可辨又虚无缥缈，他能看见这条线却又不确定它是否真的存在，这种感觉就像竖琴弹奏的悠扬顿挫的曲调一直回旋在天地之间，犹如梦幻一般，似有似无，却久久不愿意消散而去。

小约翰降落在沙丘边缘，目视着天边，很久很久，就这样一动不动地、全神贯注地注视着远方，直到远方的天空似乎与他连成了一体，不分彼此。他现在似乎感到自己已经再生，宇宙金色的大门在他眼前庄严地打开，迎接他慢慢飘去的幼小的灵魂。小约翰感到自己的双眼充满泪水，太阳在泪光中模糊了，天空与大地正随着他而颤抖，一切离他是那么近。

清风娃娃对他说："从今以后，你应该这样祷告。"

第 5 章

你曾在某个美丽的秋天的森林中迷过路吗？当明亮的阳光静悄悄地照射在色彩绚丽的树叶上，你能听到脚下树枝折断的声响和干枯的树叶发出的沙沙的声音。

这个季节的森林里充满了迷人的气息，树丛宛如波浪一般起伏着，一切都似乎沉浸在回忆中。一层蓝色的雾包裹着森林，让人不禁想起某个梦中的景象，神秘的光线与闪亮的蜘蛛网不慌不忙地在风中摇荡，犹如美丽的梦呓，一切显得如此漫无目的。

从湿漉漉的土壤中不知何时冒出一片野蘑菇，转眼之间就遍布在青苔和落叶间，它们有的很肥大，有的显得丑陋而笨重，有的个头高挑身材苗条，戴着环状条纹项链，头上顶着彩色的大帽子。这景致在森林里犹如奇幻的梦境一般。

发霉的树干上，是无数白颜色的星星点点的小圆柱，它们身穿黑色的小外套，好像烧焦了一样。有的聪明人士认为这是一种木耳，但是小约翰知道，这是烧剩的蜡烛。它们在悄然无声的秋天的夜晚燃烧。树精们这时会出动，围坐在蜡烛四周，翻看一本又一本小书。

清风娃娃在没有一丝响动的秋天的夜晚，告诉小约翰森林里的这些秘密。小约翰一边听他讲故事，一边深深地呼吸着从土地里散发出来的神奇而又朦胧的气息。

小约翰很好奇为什么枫树的叶子上会有黑色的斑点，清风娃娃告诉他说："这是树精们干的。他们晚上忙着写日记，到了清晨会把剩下的墨水泼在叶子上。树精们不喜欢枫树，因为人类用这种木料做十字架，或者用来做教堂捐款袋上的长手柄。"

于是，小约翰很想结识这些个头很小却很勤奋的树精们，请求清风娃娃一定要在某一天带他去见见他们。

小约翰在清风娃娃家里已经住了一段时日了，新生活让他感到很开心，所以当他意识到自己已经把过去忘得一干二净时，并不怎么感到后悔，或者说，当后悔偶尔闪现时，他不再感到害怕或者孤独。清风娃娃从不离开小约翰的左右，有了他的陪伴，小约翰感到了家的温暖。他在芦苇莺留下的空巢里安安静静地入眠，他摇篮一般的小床悬挂在绿莹莹的草尖上，他心情舒畅地聆听着大麻鹭和乌鸦发出的呱呱的尖叫声。当大雨或者风暴来临时，他一点也不感到惧怕，他会躲进中空的树干里，或者爬进野兔巢里，或者干脆钻到清风娃娃的小斗篷下，一边避雨一边听着清风娃娃给他讲故事。

今天他们要去拜访树精。

这是一个适宜见面的日子，四下里寂静无声。小约翰以为自己已经能听见树精们窃窃的耳语和四处偷偷摸摸的脚步声。尽管现在还是中午，其他鸟儿不知飞到哪儿躲起来了，树梢上只有画眉在尽情地吃着红樱桃。突然，其中一只画眉被一根绳子绊住了，鸟儿用力地扑扇着翅膀，企图挣脱，那只被紧紧套牢的爪子几乎被撕裂，小约翰赶紧伸出手为他解开绳套，鸟儿欢快地叫着匆匆忙忙地飞向遥远的天边。

蘑菇们也一个劲儿地疯长着，似乎在互相比个高低。

“你看我今天多神气！”一朵粗壮的魔鬼菇对同伴说。

“你肯定没见过这么厉害的蘑菇吧？你看我的根茎多粗多白嫩，我的帽子今天也这么风光。我是所有蘑菇的老大，而且一夜就长成这么大的个儿！”

“哼！”红色的飞伞菌不满地回答，“你确实又笨重又粗壮，你的颜色是棕色，一点也算不上细腻。你看我的根茎这么纤细；我婀娜多姿，飞起来的时候轻得像一棵小草；我的颜色鲜艳堪比樱桃，而且满身长满美丽的斑点。我是一株美人菇。”

“你们俩都住口，别争了！”小约翰插嘴道。他认出了这两种蘑菇，对他们说：“你们都是有毒的！”

“幸好我们是有毒的。”飞伞菌轻蔑地回答。

“你难道是人类吗？”魔鬼菇也不屑地接茬道，“你无非就是想吃我呗！”

小约翰知道这两种蘑菇都不能吃。他把一根树枝捅进很肥蘑菇的“帽子”里，这下魔鬼菇的样子看上去有些滑稽，大家都不禁笑出声来，包括一小丛刚刚从地里蹿出来的细蘑菇。

细蘑菇们互相簇拥着，仰头张望眼前崭新的世界。魔鬼菇愤怒极了，脸色变得铁青，把自己有毒的真面目暴露无遗。

细蘑菇们扬起胖胖的头颅，踮起方形的脚尖，时不时喷出夹杂着棕色粉末的云朵。这些细细的粉末落在潮湿的土壤里，会长出丝状的根茎，这样在来年就会长出更多的细蘑菇。

“我们的生活太精彩啦！”细蘑菇们说，“撒云朵般的种子就是我们的人生目标！活到老撒到老，我们才是最幸福！”他们一边这么说着，一边用心地把粉末撒向四面八方。

“清风娃娃，他们这样说有道理吗？”小约翰听完后问。

“当然是有道理的，”清风娃娃回答，“这些蘑菇还能有什么更高的追求吗？幸好他们没有更多的对生活的期望，因为他们能做的无非就是这些罢了。”

夜晚终于降临了，大树的影子渐渐连成一片暗色，但是这时森林里奇异的生活并没有终止，而是刚刚开始。四处的树枝发出咔嚓咔嚓的声响，地上枯萎的落叶也不停地沙沙作响，从草间、灌木丛中不时传来各种动静。突然，小约翰感到了一双隐形翅膀触碰自己，他意识到那些无形的精灵们已经在自己的周围出没，而且自己能真真切切地听见他们的耳语和脚步声。那儿，灌木脚下的影中闪现出一朵蓝色的小火花，随后很快就消失了，还有那边也出现了一朵小火花，还有另一边！

小约翰侧耳细听，听见树丛下传来的响动，就在离他不远的一个地方，在那棵黑乎乎的树那边。一朵朵蓝色的火光出现，移动到树干顶部就停了下来。小约翰看到一簇簇闪耀的火光在层层密叶间飘浮；一朵朵的火种落在地上，迈着小巧的舞步，然后在离他不远的地方渐渐聚拢在一起，忽明忽暗，就像一盏蓝灯笼。

小约翰问清风娃娃："那是什么灯笼？实在漂亮极了！"

"那是从发霉的树干上发出来的。跟我来，我现在就给你介绍威斯狄克。他是最年迈的树精，也是最聪明的。"清风娃娃回答。

然后他们一起靠近一朵一动不动的闪亮的火花。当他们走近时，小约翰才发现这个树精坐在一根点燃的蜡烛旁，在蓝色的微光下，他能隐约看清树精的一张爬满皱纹的脸和一大把灰色的胡须。树精正在皱着眉头大声朗读，他的头上戴着一顶用橡果壳做成的小帽子，上面插着一根羽毛，坐在他跟前的花园十字蛛正在专心致志地听他朗诵。

当小约翰和清风娃娃走近，树精没抬头，只是从书后面悄悄偷看了他们一眼，并把眉毛扬得老高。等花园十字蛛爬走了之后，树精才开始跟他们说话："晚上好！我名叫威斯狄克。你们两个叫什么名字？"

"我叫小约翰，我很想认识您。您在读什么书？"

"哦，这本书不是你听得懂的，"树精回答，"这是专门为花园十字蛛写的一本书。"

"亲爱的威斯狄克，让我看一眼好吗？"小约翰恳求道。

"这是绝对不行的。这是一本蜘蛛的圣书，当初交给我来保管，我答应了他们绝对不能给别人看。我负责保管甲壳虫、蝴蝶、刺猬和鼹鼠……森林里一切生灵的圣书，因为他们不能自己看书，所以我负责读给他们听。这是让我感到很荣幸的事，因为大家信任我。你明白吗？"树精一边说，一边竖起食指指点着。

"那您刚才朗读的是什么故事？"小约翰好奇地问。

“是痒痒足的故事。痒痒足是花园十字蛛一族的伟大英雄，生活在很久以前。他会织非常大的蜘蛛网，可以挂在三棵大树之间，这种网一天能捉到几百万只苍蝇。在痒痒足之前，蜘蛛是不会织网的，靠吃草和死去的动物为生。但是后来聪明非凡的痒痒足证明了蜘蛛也是可以吃到新鲜肉的，他精心计算网的尺寸，发明了织网的技艺。痒痒足确实是一位伟大的数学家。花园十字蛛直到今天还遵循痒痒足的技艺织网，一针一线，非常严谨，只是小了很多，因为他们经历了一段黑暗的历史。当初痒痒足用他的巨网能捉到鸟儿，也杀害了不计其数的自己的孩子——他就是一只大蜘蛛。最后，来了一场大风暴，把三棵大树上的网连同那只大蜘蛛一起卷走了。暴风把痒痒足吹到了很遥远的另一座森林里。在那儿，痒痒足至今仍然受到人们的缅怀，他的伟大功绩和非凡智慧得到永恒的纪念。”

“你讲的都是真正发生的事吗？”小约翰追问道。

“这都是书上写的呢。”威斯狄克回答。

“你自己也相信吗？”小约翰继续问。

树精闭起一只眼睛，把食指放在自己的鼻子旁边，接着说：“在其他动物的圣书里，也提到过痒痒足，他被称为一个遭人唾弃的、可怕的恶魔。我对此保持中立态度。”

“树精的圣书也存在吗，威斯狄克？”小约翰问。

树精不信任地上下打量着他，然后接着说：“小约翰，你到底是属于什么造物？你看上去有点儿像……嗯呐怎么说呢……有点儿像……让我好好想想看到底像什么。想起来了，你有点儿像人类。”

“不对，不对！威斯狄克，你放心好啦，”清风娃娃连忙说，“我们可是精灵噢。小约翰从前确实见过很多人类，不过你可以信任他，他不会带来危害的。”

“嗯，嗯，那就好。虽然大家都说我是最聪明的树精，可我是用了很长时间，努力钻研一切知识之后，才掌握了如今这一切。所以说，我现在必须保护我的知识，因为如果泄露太多的话，我的名声就没那么响了。”

“你知道关于树精的书是哪一本吗？”小约翰不罢休，继续问。

“我读过很多很多的书，但是我相信自己从来没见过你说的那本书。那本书不是精灵之书，也不是树精之书。但是我相信世界上一定有提及树精的那么一本书。”

“那么这本书会不会是人类之书呢？”

“不知道，但是我觉得不是。因为这是一本高尚的书，讲的都是如何获得幸福与和平。这本书里一定叙述了幸福与和平的世界是最美好的，因为如此，大家不会提出更多的奢求和追求更多的渴望。人类的世界还没有这么先进的想法。”

清风娃娃听到这里大笑起来说：“真是异想天开！”

“这样的书存在吗？”小约翰迫不及待地紧接着问下去。

“真的存在！”树精悄声回答他，“我也是曾经从很古老的一篇故事里看到的。而且我也知道这个幸福与和平的地方在哪儿，我知道谁能找到它。”

“快告诉我们吧，威斯狄克！”小约翰催促道。

“既然这样，那你为什么不自己去找呢？”清风娃娃问。

“耐心一点儿，小伙伴，我迟早会去的，但是我目前还不清楚应该从何处下手，可是我相信自己很快就可以找到那个地方。我已经努力寻找了一辈子。谁若能找到这个地方，生活就会像永恒的金秋，头上永远是蓝天，四周永远有梦境一般的蓝色的雾缭绕着，头顶的树叶永不凋零，树枝总是青翠碧绿。那个地方沐浴在永恒的阳光中，没有黑夜的烦恼，树尖上的金色永远不会褪色。相比读过那本书的人，我们的光是暗淡的，我们的幸福其实是悲伤的。我所有细节都知道得一清二楚，总有一天我会找到那片净土的。”树精把他的双眉抬得老高，然后把一个指头放在嘴唇上。

“威斯狄克，请您告诉我……”小约翰还没说完，突然感到一阵强劲的风吹过，他看见一个高大的黑影正在居高临下地盯着自己，很快又悄然消失了。

待他再回过头找威斯狄克时，只看见一只小小的脚刚缩进树洞，紧接着扑通一声，树精已经跳回洞中，连同他手里那本书。树干上的蜡烛越来越暗，最后熄灭了。这是一支多么神奇的蜡烛。

“刚才到底发生了什么？”小约翰一边问，一边紧紧抓住清风娃娃的手，他感到有些害怕，不敢放开。

“只不过是一只猫头鹰从我们头上飞过。”清风娃娃回答。

他们俩沉默了一会儿，然后小约翰问：“你相信威斯狄克所说的一切吗？”

“威斯狄克并不是他自己想象的那样聪明，那本书他永远也找不到，你也找不到。”清风娃娃回答。

“但是那本书存在吗？”小约翰绝不放过地问。

“小约翰，那边书就如同你追逐自己的影子一样，无论你走多快，无论你怎样想方设法想抓住它，你会发现自己永远也追不上或者触摸不到它，直到最后你才会猛然意识到，原来你在寻找的是你自己。现在你务必要清醒，赶紧忘记那个树精的胡言乱语！我会给你讲很多很多真实的故事。跟我来，我们现在就去森林的边缘，我带你去看我们的父亲照亮沉睡的草地上的白色温柔的晨雾。快跟我走！”

小约翰顺从地跟着清风娃娃往前走，但是他不明白清风娃娃的话，也没有听从他的忠告。他一边看着秋天清晨中壮丽的曙光，一边思索那本解释万物的书，悄悄地呼唤着树精的名字：“威斯狄克……”

第 6 章

第二天早晨醒来时，小约翰觉得缺了点儿什么，仿佛跟清风娃娃一起在森林和沙丘里度过的日子，不再像从前一样开心和惬意。清风娃娃讲给他听的和给他看的那一切，似乎已经不能让他感到满足。小约翰脑海里一直在想着那本书，但是又不敢问。在他眼前的一切已经不如从前那么美丽和奇妙了。天上的云彩显得黑暗而沉重，似乎随时会掉下来压住他，这让他感到恐惧。当秋风横扫过丛林，毫不留情地翻动着一片片绿叶，把枯萎发黄的叶子和干枯的树枝席卷一空，这些都让小约翰感到世界是不完美的，他的内心充满痛苦。

清风娃娃讲的很多话，小约翰不再感到有趣，也听不明白；当他重新提出之前那些老问题，也没有得到清晰和满意的答案。在这种时刻，他就会想起那本可以解释一切的书，想象着书中写到的灿烂的永恒的金秋即将降临人世。

“威斯狄克！你在哪儿？”他默默地呼唤着树精的名字。

清风娃娃听见他的呼喊，对他说：“小约翰，我估计你永远都会是人类，甚至你的友谊也同人类很相像，随便一个过路的陌生人跟你讲话，你就把对我的信任全部转移到他身上。唉，还真让月亮妈妈说中了！”

“不是这样的，清风娃娃！你比威斯狄克聪明多了，跟他说的那本书一样聪明。但是你为什么不告诉我一切？你看看周围，为什么风要吹过大树的枝叶，使它一次又一次弯腰？你明明知道大树已经承受不住了，最美丽的树枝被折断了，成百上千的叶子被无情地吹走，而且是在嫩绿的季节。他们那么可人婀娜的身姿，还是被凶险而残酷的大风摧折。这到底是为了什么呢？风大人到底要怎样？”

“可怜的小约翰，你怎么又开始讲人话了呢？”

“清风娃娃，我想要安安静静地思考一下！我需要宁静和阳光！”

“你的要求和愿望都是人类的，所以永远不能够实现。如果你现在不学会更多地提问与祈求，那么你所盼望的永恒的金秋也永远不会到来，你就跟威斯狄克故事里的那些乌合之众一个样。”

“难道世界上有那么多乌合之众吗？”

“当然有！威斯狄克故作神秘，已经泄露了很多不该泄露的天机。他希望在人类那里找到那本书，所以跟任何人都提起这件事，希望得到陌生人的帮助。这些人相信了他所讲的，就会帮助他去寻找这本书，他们会像寻找炼金术一样，不顾一切地寻找这本书。他们会牺牲一切，把工作与幸福都抛到九霄云外，他们把自己监禁在古籍典故中，一心一意地只专注于奇怪的原料和仪器。他们甚至把自己的生命与健康也置之度外，忘记了蓝天与白云，忘记了善良而温和的大自然，也忘记了自己的同伴。有的人找到了又好又有用的东西，例如金子，却不假思索地把宝贝扔到地上，给别人享用，然后不顾一切地接着继续在黑暗中挖掘，永无止境，因为他们寻找的不是金子，而是那本书。有的人因为辛苦而崩溃，忘记了自己最初的目的和希望，在哭哭啼啼中一直敲打着坚硬的石头，这是因为树精们用魔术把他们变成了幼稚的儿童。你会看到这些人在用沙子建造城堡，一粒粒地数出所需要的沙粒，累倒也誓不罢休。他们修建小瀑布，精确地计算水流需要转几个弯，会出现多少朵浪花。他们也会用尽全身的伎俩来挖坑，而且坑壁光滑得连一颗小石子也看不见。如果有人打扰他们，问他们这是在做什么，他们会先摇着头叹口气，然后一本正经地回答：'我在寻找威斯狄克真理！'这就是那个讨厌的树精做的好事。小约翰，你千万要当心！"

可是小约翰一直抬着头，默默地注视着眼前在风中摇摆的一棵棵大树，他光滑年轻的额头上方的眉毛深深皱起，他从来没有这么忧心忡忡过。

"但是，你自己说过，那本书确实存在！"小约翰反驳道，"还有，我也知道的，书里肯定也写到关于你不想告诉我真情的'伟大的光芒'。"

“可怜的小约翰，你可真是！”清风娃娃叹了口气，他的声音透过风的呼啸传来，听上去就像远方的唱诗班的歌声，非常平静，“你要全心全意爱我、珍惜我。你在我身上能找到比你期望的更多的东西，你也会明白自己从来没想到过的事情，成为想要成为的人。天与地都会信任你，星星们会成为你的伙伴，无极就是你居住的家园。小约翰，爱我吧！珍惜我吧！牢牢抓住我的手，不要放开，像土地一样忠诚地跟着我，因为我能给你带来和谐与安宁。小约翰，你千万要记住！”

清风娃娃就此打住，但是他唱诗般的声音却一直不绝于耳，歌声似乎来自一个很遥远的地方，战胜了狂风的呼啸，犹如透过飘浮着云朵的夜空一样深邃而幽静。

清风娃娃伸开自己的双臂，小约翰在他的怀里入睡了，身上盖着清风娃娃那件蓝色的敞篷。半夜里，小约翰醒来，寂静已经悄然降落到大地上的每个角落，月亮也沉落到了堤岸的后面，疲惫的树叶一动不动地挂在树梢上，黑暗不动声色地笼罩着森林。

小约翰的脑海里被鬼影一般的疑问填满，这些疑问把他年轻的渴望与信念无情地推到一边。为什么人类会被创造出来？为什么要从人类中逃离，失去人类的爱？为什么寒冷的冬天会到来？为什么绿叶会飘零，大树最终会枯死？这一切都是为什么？

这时，他突然发现在灌木丛的深处又出现了跳动的蓝色火光，它们仅仅出现了一会儿就消失了。小约翰专心注视着它们，随后他看见一团又大又明亮的火光出现在树干上。清风娃娃在他身边睡得很深很熟。

“我就只问他一个问题。”小约翰心里想着，从蓝色的斗篷下溜走了。

“你又来找我啦！”威斯狄克跟他打招呼，热情地向他点点头，“我很高兴见到你，你的朋友今天怎么没来？”

“他还在那边睡觉。我只问一个问题，问完就走。你能给我一个明确的答案吗？”小约翰问树精。

“你去过人间，对不对？你是不是想知道我的秘密？”

“威斯狄克，那本书哪里可以找到？”

“太棒了！我早知道！如果我告诉你，你愿意帮我吗？”

“如果我能做到，一定会帮您！”

“那你现在听好啦，小约翰！”威斯狄克把眼睛睁得好大好大，眉毛也扬得比任何时候都高，然后他用手半掩住自己的嘴巴，悄悄说出一段谜语，“人类藏着个金匣子，精灵拿着把金钥匙，精灵的敌人得不到，人类的朋友能打开，春天正是好时光，知更鸟知道去哪里。”

“真的吗？真的吗？”小约翰不禁激动得叫出声来，他想起自己的那把小钥匙。

“当然是真的喽！”威斯狄克回答。

“那么为什么还没有人能找到呢？有那么多人一直在找。”小约翰又问道。

“我没说过人类能找到。我把我的秘密告诉了你，我以前不认识精灵朋友。”

“我明白了，威斯狄克！我就是能帮你的那个人！”小约翰激动地叫出声来，他高兴地拍着手，“我回去找清风娃娃。”

小约翰飞快地穿过由青苔和干叶子覆盖着的地面，一路上跌跌撞撞，他感到自己的身体很沉重，就连非常粗壮的树枝都能被他的脚踩断，但是之前他轻得连一棵草都不能折断。

他回到先前睡觉的那丛茂密的蕨叶下，这丛绿叶如今却显得这么矮小，这是怎么回事？

“清风娃娃！”他大声叫道。这时，他被自己的声音吓了一大跳。“清风娃娃！”他又试图喊他的名字，但是他的声音是人类的声音，竟然使藏在夜晚丛林中的一只鸟呱呱大叫，惊起而去。

他发现蕨叶丛下的地上是空的，清风娃娃不见了，蓝色的火光也一同消失了，环绕他的是无止境的严酷的黑暗。他再次呼唤着清风娃娃的名字，后来不敢再喊了，他的声音听起来像是对这片寂静的亵渎、对清风娃娃的名字的讥讽。

可怜的小约翰倒在地上，不禁号啕大哭起来。

第 7 章

这是一个灰暗阴冷的早晨。深黑发亮的树枝被风暴吹得光秃秃的，宛如一个个在雾中哭泣的人。小约翰在湿漉漉的草地上急匆匆地往前走，他步伐沉重，眼睛一直盯着草地两旁渐渐变亮的森林，似乎在寻找着什么。他的眼睛哭得红肿，目光也因为惧怕和悔恨而显得有些呆滞。为了寻求光明，他在这种状态中走了整整一夜。失去了清风娃娃之后，他也失去了安全感，孤单的情绪潜伏在黑暗的每一个角落，他不敢回头。

终于，他来到了森林边缘，从一片草地遥望远方。细雨绵绵地飘落。在草地中央的一棵光秃秃的柳树旁站着一匹马，低着头，一动不动地任一粒粒水珠从光亮的身躯和又长又密的鬃毛里流淌下来。

小约翰沿着森林继续往前走去，一边走一边用疲惫的眼神打量那匹马。灰色的雨雾包裹着马的身体，马发出一阵阵轻声的哀鸣。

“现在一切都已经结束了，”小约翰默默地想，“太阳从此不会自东方升起，从今往后一切都会像今天一般灰暗。”

但是他不敢一直这么绝望下去，总觉得还会有更不好的事情发生。

突然，他看见一幢被栅栏围着的小屋，小屋笼罩在一棵开满浅黄色小花的椴树的树影下。他推开栅栏的门，沿着宽宽的步道一直往里走进去。步道被厚厚一层棕色和黄色相间的椴树落叶覆盖着，他眼前的草坪上点缀着翠菊的紫色小花朵，中间也夹杂着很多颜色鲜艳的秋天的野花。

小约翰来到一个池塘边，那里屹立着一座大房子，窗户很低，在透明的玻璃门旁边的墙边长着玫瑰花和万年青。四下里没有任何声响，非常安静，一排几乎掉光了叶子的板栗树一动不动地围绕在房子四周。小约翰发现几颗板栗掉在地上，藏在落叶中悄悄地发着暗光。

冰冷死寂的感觉瞬间消失了，小约翰想起自己的家——也有板栗树，每年在这个季节，他都会去捡树上掉下来的光滑的板栗。突然他开始想家，仿佛听见一个熟悉的声音在召唤自己。他在大房子旁的一张长椅上坐下来，然后轻声地哭出声来。

他闻到了一种很奇特的味道，便抬起头来。跟前站着一个人，系着白色的围裙，叼着一个烟斗，腰间用树皮绑了一束花。小约翰很熟悉闻到的那股味道，这让他想起自己家花园的园丁，园丁经常送给他可爱的毛毛虫，也会为他掏欧椋鸟的蛋。

虽然面对的是一个陌生人，可不知道为什么，小约翰并不害怕。他告诉大叔自己迷路了，不知道怎么回家，之后，又满怀感激地跟着此人走进淡黄色的椴树花笼罩着的房子。

大叔的妻子坐在屋里，手里正在织一只很厚的羊毛袜，炉火上水壶里的水已经烧开了，一只猫躺在炉前的地毯上，两只前爪藏在身体下，那副坐相简直就跟他离家那天，西蒙的样子一模一样。

园丁的妻子招呼他在火炉边坐下，让他先把脚烘干。墙上的大挂钟发出嘀嗒嘀嗒的响声。小约翰默默地看着从水壶中喷出来的蒸汽和火炉中一块块焦炭周围跳跃着的变化多端的小火苗，他想："我终于又回到了人类的世界。"这让他感觉很舒坦，很安全也很平静。叔叔阿姨和蔼可亲，还问小约翰愿意做什么。

"我很想留在这里，跟你们在一起。"小约翰回答。

留在这里，他能得到安宁。如果回到家，等待他的又是责备和泪水。他需要老实听着家人的数落。他要把以前的事情再回忆一遍，仔细想想到底发生了什么。

他很想回到自己的小卧室，他很想念父亲，想念小狗布莱斯，但他宁可在这里忍受思念的痛苦，也不愿意面对相见时的尴尬与责备。在这儿，他可以一直思念清风娃娃，而在家就不可以。

清风娃娃现在肯定已经离开了，离他远去，去了阳光灿烂的地方，那里蓝色的海岸线上有高高的棕榈树。小约翰宁愿在这里接受惩罚，等待好友回来。

小约翰乞求这两位善良的主人允许他留下来，他会听他们的话，帮他们干活，帮他们收拾花园，帮他们栽花种草。小约翰就想待在这里过冬，因为他暗自里期望清风娃娃来年春天会回来找他。

园丁和他的妻子以为小约翰是从家里逃走的孩子，可能是家里人对他不好。他们很可怜他，答应把他留下来。

于是，小约翰留下来帮助园丁照看花园里的植物。园丁和妻子给他安排了一间小卧室，里面有蓝色的木板做成的床。每天清晨，小约翰从床上可以看见湿漉漉的椴树的黄叶子在窗前摇来摇去，而在夜里，暗色的树枝吱呀作响，后面的星星们会跟他玩捉迷藏，他给星星们都起了名字，最亮那颗就叫“清风娃娃”。

花园里的花朵们，小约翰都能叫出名字，有严肃的花盘很大的翠菊，有艳丽多彩的百日菊，还有白色的秋菊，她们在深秋的寒风中怒放着。小约翰会给花朵们讲他的故事。后来，其他的花都凋谢了，只有白色的秋菊仍然挺立在刺骨的寒风中。入冬初雪的清晨，小约翰一大早就去看她们，她们一个个抬起小脸蛋，高兴地叫着：“我们在这里！你肯定没想到吧？”菊花们与寒冷抗争着，但是两天后竟然全部凋零了。

温室里还有棕榈树和树蕨，一串串奇异的兰花在潮湿温暖的空气中绽放，小约翰一边目视着盛开的花朵，一边想着清风娃娃。

当他来到屋外，外面的景色被笼罩在凋敝萧索的氛围里，半融化的雪地上有一行黑色肮脏的脚印，挂着枯叶的树上滴着雪水。

雪无声无息地下了好几个小时，树枝被鹅绒般的积雪压弯了腰。这时，小约翰便欢天喜地地出去看被雪影照亮的树林。在紫色的夕阳里，一切是如此幽静，却与死寂不同。纯洁的白色树枝在蓝色天空的陪衬下，甚至比夏天葱葱郁郁的绿色还要美丽。树枝摇摆着将身上过重的雪花抖落，纷纷扬扬，构成一幅清朗明净的画面。

一天，小约翰在雪后走进树林。四周除了雪和黑白相间的树干外什么也看不见了，突然，他看到一只白色的小动物从面前跑过，便紧紧地跟着它。那只小动物似乎是他认识的，可是当他伸手去抓时，小动物很快就躲藏进树洞里。小约翰一直向那个他躲藏的树洞里张望，默默地想：“这会不会是威斯狄克呢？”

小约翰不常常想起威斯狄克，觉得总是想起树精不好，也不想改变现在忏悔的状态。生命中出现两位善良的人，小约翰已经别无他求。晚上，他要读一本关于上帝的书，但他早知道那本书的内容，所以并没有太上心。

去过树林的那天晚上，小约翰躺在自己的床上，静静地看着照在地上的月光。忽然他看见两只小手伸到床板上，紧紧地扣在床的边缘，然后两只小手之间白色的小绒帽露了出来，两只严肃的眼睛从高高提起的双眉下盯着他。

“晚上好，小约翰！”威斯狄克说，“我来提醒你，别忘记答应我的事。你肯定还没找到那本书，因为现在还不是春天。你千万不要忘记哦。你在看那本厚书，是讲什么的？肯定不是我说的那本真理之书，你千万别想错了。”

“你放心，我不会信，威斯狄克。”小约翰回答。他翻了个身，打算睡觉，但是因为念念不忘的那把小钥匙，久久不能入睡。从今以后，他再看那本厚书的时候，都会想起威斯狄克说的真理之书，也清楚这两本书不是一回事。

第 8 章

当雪开始融化时，树上的雪花莲发芽了。“现在他该回来了吧！”小约翰这样想道。“他会回来吗？”他去问雪花莲，但是雪花莲也不能确切知道，一个劲地低着头不敢看他，似乎惭愧自己跑出来得太早，还想钻回土里藏起来。

雪还没来得及完全融化，凛冽的东风又开始吹到森林里，厚厚的雪又在先前已经露出来的树节上堆积起来。

几个星期后，紫罗兰从地里钻出来，把带有甜味的芬芳撒在灌木丛间。当暖和的阳光长时间照在被青苔覆盖的土地上，金黄色的报春花也一大片一大片地盛开了。

带着浓郁花香的害羞的紫罗兰，是即将到来的美好季节的神秘预报员。喜庆的报春花们，欣欣然成百上千地绽放着。刚刚苏醒的大地，拥抱着第一束阳光，把温暖的光线变成黄金般的装饰。

“现在，应该是他回来的时候了！他确实应该回来了！”小约翰想。他充满期望地看着树枝上一个个新芽含苞欲放，一天天在长大，然后突然之间从树皮里蹿出来，浅浅的嫩绿色的小尖点缀在棕色的枝头。小约翰久久地注视着这些新叶，他们一动不动，但是当他转身一会儿再回头看时，绿叶们似乎已经长大了。“我看着他们，他们不敢长了。”他这样想。

森林里一层层的树荫逐渐变绿了。可是清风娃娃还是没有来，也没有鸽子来报信，更没有小老鼠来找他对话。小约翰跟花儿们说话，他们只是点头却不回答他。“我的惩罚还没结束。”小约翰想。

在一个清朗的早晨，小约翰来到房子附近的池塘边，他发现所有的窗户都敞开着，难道是有谁偷偷进屋去了吗？他有些纳闷。

池塘边的稠李树已经被嫩叶覆盖，所有的枝条上都长出了新叶片，看上去就像无数的小翅膀。在离稠李树不远的地方，一位女孩站在草地上。小约翰只看见她蓝色的裙子和金色的头发。女孩肩膀上有一只知更鸟正在从她的手里啄食。

她转过头来看见了小约翰。

“你好，小男孩！”她一边说一边向他招手问好。

小约翰一下子惊呆了，女孩的那双眼睛是清风娃娃的眼睛，女孩的声音是清风娃娃的声音。

“你是谁？”小约翰问。他的嘴唇激动地颤抖着。

“我的名字叫罗彬娜，这是我的鸟，他不会怕你。你喜不喜欢鸟？”女孩说。

知更鸟很信任小约翰，飞到他的手臂上停下来，这让小约翰回想起从前。女孩一定就是清风娃娃，这个蓝色的精灵！

“小男孩，告诉我你叫什么名字。”女孩用清风娃娃的声音说。

“你难道不认识我吗？你不知道我是小约翰吗？”

“我怎么会知道呢？”

这是怎么回事？他听到的就是自己熟悉的甜美的声音，他看到的就是那双天空一般深邃的蓝色眼睛。

“你认识我吗？你难道从前见过我？”

“对，我相信是这样。”

“那你一定是做梦了。”

“做梦？”小约翰默默地想，“我所见到的、听到的都是梦吗？或者我现在也是在做梦吗？”

“你是在哪里出生的？”他这样问。

“在离这里很远的地方，在一座大城市里。”

“在人间吗？”

罗彬娜笑出声来，那笑声也跟清风娃娃一模一样。

“是在人间。你不是出生在人间吗？”

“唉，可惜我也是。”

“你后悔吗？你不喜欢人类吗？”

“不喜欢！谁会喜欢人类？”

“谁会喜欢？小约翰，你真是个奇怪的小男孩！你更喜欢动物吗？”

“对，更喜欢。我也喜欢花儿。”

“我有时也会这样，只是有时而已。但这不太好。我爸爸说，我们应该喜欢人。”

“为什么不好呢？我想喜欢谁就喜欢谁，不管好与不好。”

“你不能这样，小约翰！你难道没有人照顾吗？你的父母在哪里？你不喜欢他们吗？”

“喜欢的，”小约翰若有所思地回答，“我喜欢我的爸爸，但不是因为好或者坏，也不是因为他是个人。”

“那是为什么？”

“我也不知道，因为他和别人不一样，因为他也喜欢花儿和小鸟。”

“我也喜欢花儿和小鸟，小约翰！你看见的。”罗彬娜把知更鸟叫到自己的手上，然后跟鸟儿亲密地讲话。

“我知道，”小约翰回答，“我也很喜欢你。”

“现在就已经喜欢我？太快啦！”女孩儿笑起来，“告诉我你最喜欢谁？”

“我最喜欢……”小约翰犹豫了一下，他不知道自己该不该提起清风娃娃，他害怕向别人提起清风娃娃的名字，这个想法一直跟随着他。可是难道这个穿着蓝色裙子的金发女孩不是清风娃娃吗？还有谁会给他带来安宁与幸福的感觉呢？

“我最喜欢你！”他突然说，并且凝视着那双深邃的蓝眼睛。他勇敢地承认了，但是他还是有点儿怕，紧张地等着对方接不接受他最珍贵的礼物。

罗彬娜又笑起来，她的笑声很清澈。她拉起小约翰的手，用专注的眼神看着他，用很亲密的声音对他说：“小约翰，我不知道自己做了什么，这么快就得到你的友情？”

小约翰没有回答她，目不转睛地看着她，觉得自己越来越信任这个女孩了。罗彬娜站起来，伸出手搂着小约翰的肩膀，她的个子比小约翰高一些。

他们就这样互相搂着穿过森林，一边走一边摘了一大束报春花，最后一起躲进一片稀稀疏疏的黄色花海中。那只知更鸟一直紧跟着他们，从一个枝头跳到另一个枝头，并用他一双漂亮的黑色的眼睛偷看他们。

他们俩没说很多话，只是不时地从旁边偷偷看对方，两人都对他们的相遇感到无限惊讶，不清楚应该怎样看待对方。

天色已晚，罗彬娜很快就要回家了。

“小约翰，我马上要走了。你以后还会陪我散步吗？我觉得你是个很好的小男孩。”她告别时这么对他说，知更鸟叽叽喳喳地叫着，跟在她的身后飞来飞去。

罗彬娜走了，她的身影萦绕在小约翰心中，这时他绝对不再怀疑她是谁。他把自己的友谊都给了她。清风娃娃的名字闪现在他的脑际，并渐渐与罗彬娜的名字合二为一。

现在，一切似乎都和以前一样了。花儿们都快乐地向他点着头，罗彬娜留下的气息驱散了小约翰想家的悲伤。在温柔的碧草中，小约翰呼吸着春天温暖的空气，他突然觉得这里就是自己的家，他感到自己就像是找到了巢的小鸟，他伸出双臂深深地呼吸着这里的空气，觉得开心极了。在回去的路上，小约翰一直能看到一个蓝色影子飘飞在前方带路，他紧紧跟随着这个影子；他无论在哪个方向都能看到这个影子，就好像盯着太阳看了一阵子后眼睛里留下久久不散的光斑，一直印在眼底。

从那天以后，每当天晴时小约翰便会在早晨来到池塘边。他起得很早，就在窗前万年青丛中的麻雀叽叽喳喳叫的时候。屋檐上，沐浴在初升的阳光中的欧椋鸟，一边扇动着闪亮的翅膀，一边不停地一声长一声短地鸣叫的时候，他就出发了。他穿过湿漉漉的草地来到屋后面，然后在丁香花旁安静地等待着，直到听见玻璃门打开的声音，看见一个轻盈的身影向他走过来。

他们一起散步，一起穿过森林和不远处的沙丘，小约翰感到脑袋里有种奇妙的眩晕感，跟女孩儿在一起，他感觉到自己变得那么轻，轻得都能飞起来，但是事实上，他没有飞起来。

小约翰给女孩讲了很多故事，讲清风娃娃告诉他的关于花儿和鸟儿的故事，他已经忘记了眼前的并不是清风娃娃。清风娃娃对他来说已经不复存在，他现在只有罗彬娜。

罗彬娜看着他微笑的时候，小约翰感到很快乐，让他记起从前与小狗布莱斯讲话的情形，没有任何顾忌。罗彬娜不在他身边时，小约翰会一直想念她。

无论做什么事，小约翰都会事先想一想，做这件事罗彬娜觉得好不好，她开不开心。罗彬娜似乎也和小约翰一样快乐，见到他时总是欢天喜地的样子，她脸上堆满笑意、步伐轻盈，她也告诉小约翰，自己喜欢同他一起散步。

“可是小约翰，你怎么会知道那么多故事？”有一次罗彬娜突然这样问他，“你怎么知道金龟子是怎么想的呢？你怎么听得懂画眉鸟在唱什么？你怎么知道野兔的家里长什么样子？还有水底的风景你为什么这么熟悉？”

“这些都是他们亲口告诉我的呀，况且我也去野兔家里做过客，我还到过水底游览。”小约翰这样回答她。

罗彬娜皱起她细细的眉头，用有点嘲讽的神情望着小约翰，但是小约翰的样子不像在说谎。

他们坐在开满一簇簇花朵的丁香树下，面对着池塘，池塘里长满了芦苇和浮萍，他们静静地看着黑色的甲虫在水面上滑行，红色的蜘蛛上上下下爬来爬去忙碌着，眼前的这一切充满了生机。小约翰默默地看着，陷入了深深的沉思，然后他突然对罗彬娜说：

“我曾经去过那里的水底。那时，我顺着芦苇一直往下爬，爬着爬着就到了最底下。池塘底被一层枯叶覆盖着，走在上面又轻又软。那里光线总是很黯淡，发出幽幽的绿光，因为光线要透过浮萍照进去。我记得在我的头上方，可以看见浮萍白色的根在水中漂浮。我的周围还有娃娃鱼在游泳。在水里看得不太远，因为光线是暗绿色的，也不明朗。在半明半暗中，动物们就像影子一样四处出没，水甲虫像划船一样用平平的脚丫子向前滑行，有的时候也可以看见小鱼。有一次我在水底走了很远，到了一个非常遥远的地方，中央有一大片水底丛林，上面爬满了蜗牛，水蜘蛛在上面建造亮晶晶的耀眼巢穴，棘鱼在其中横冲直撞，然后一边张着嘴一边抖动着鳍盯着我看，他们对于我的到来简直惊呆了。我当时不小心踩到了一条大鳗鱼的尾巴，最后和他成了好朋友。鳗鱼先生给我讲了他到远方冒险的故事，说自己去过大海，所以池塘里的生物都尊他为王，因为谁也没有去过那么远的地方。鳗鱼总是躺在泥里睡觉，别人给他送饭的时候才会醒过来。他的饭量大得惊人，这是因为他是池塘的大王，大家都希望大王长得很胖，这样才显得体面。哎，水底的世界真是精彩极了！”

“那为什么你现在不能去那里呢？”

“你是说现在吗？”小约翰若有所思地打量着眼前这位女孩儿，“现在我去不了，因为我会被淹死的。现在我也不想去，我更愿意留在这里，待在丁香树下跟你在一起。”

罗彬娜惊讶地摇着她的一头金发，抚摸着小约翰的脸。然后，她抬头看着在池塘边找到很多好吃的零食的知更鸟，鸟儿刚巧也抬起头来看着他们，用一双明亮的眼睛注视了他们好一会儿。

罗彬娜问知更鸟说：“小鸟儿，你知道他在说什么吗？”

鸟儿没作声，精明地看了女孩儿一眼就继续去觅食了。

“小约翰，请继续给我讲你所经历的奇遇。”

这是小约翰最开心的时光，罗彬娜聚精会神地听他讲故事，完全相信他讲的一切。

“但是为什么你不能再回去那里？为什么我们现在不能一

起再去水底游览一次呢？我也很想去那里看看！”她好奇地这样盘问他。

小约翰使劲地回忆为什么，可是他的记忆深处已经很黑暗，只有表面包裹着一层刺眼的阳光。他已经不记得是怎样失去了曾经拥有的好运。

“我已经不记得了，你别再问我。是一个可恶的树精让我倒了霉，但是我现在时来运转，我感到比从前更幸福。”

丁香从密密层层的枝叶间传出一阵阵芳香，水面上的蚊虫嗡嗡鸣叫，和煦的阳光照在身上，让人陶醉在其间。时光静静流淌，直到房子那边传来一阵手拉响的铃声，罗彬娜才站起身来往家里跑去。

晚上，小约翰回到自己的房间，看着窗前摇曳的万年青，月光把他的影子投射在地上，小约翰似乎听见有人在敲窗玻璃。一开始他以为是万年青的叶子在夜晚的风中发出的声响，但是敲打声音越来越明显，每敲三下隔一会儿。

小约翰悄悄打开窗户，小心地探出头向外张望。万年青的叶子在蓝色的月光中闪闪发光，叶子中间隐藏着一个充满秘密的未知世界，那里有很多不为人知的洞穴和通道，月亮照射进去蓝色的幽光，而黑暗显得更加幽深寂静。

小约翰凝视了那个充满奇幻的世界一段时间，终于发现了窗户旁移动的小小身影，他躲藏在一片很大的万年青的叶下。小约翰马上认出威斯狄克扬得很高的眉毛下那双惊讶的大眼睛。月光在他长长的鼻尖上留下一个亮点。

“小约翰，你还记得我吧？为什么你现在才想起我们先前约好的事？现在正是好时机，你已经向知更鸟问路了吧？”

“威斯狄克，我究竟要问他什么呢？我现在已经拥有了自己所渴求的一切，我现在拥有了罗彬娜。”

“这是不能长久的。你可以更开心，罗彬娜也可以更开心。难道你不想去拿回你的那把小金钥匙吗？你想想，如果你们两个人能一起找到那本书，该有多么棒。你快去向知更鸟问路吧，我一定会尽全力帮助你的。”

“我一定会问的。”小约翰回答。

威斯狄克点点头，很快爬到叶子下面躲了起来。

小约翰凝视着黑暗的影子和万年青叶子上面的月光，过了很久才去床上睡觉。

第二天，小约翰问知更鸟，哪里能找到金匣子。罗彬娜非常吃惊。知更鸟一边点点头，一边侧过脸看着罗彬娜。

“不在这里找，不在这里找！”小鸟叽叽喳喳叫着。

“你到底在说什么，小约翰？”罗彬娜盘问他。

“罗彬娜，你难道真的什么也不知道吗？你不知道在哪里能找到吗？你不是在等待那把小小的金钥匙吗？”

“我没有啊！快告诉我你到底在说些什么！”罗彬娜说。

小约翰随后便告诉了她关于那本书的事。

“我有那把金钥匙，以为你有那个金匣子？鸟儿，请快告诉我真相。”小约翰说。但是鸟儿装作没听见的样子，躲在山毛榉小小的嫩叶丛中不断扇动着翅膀。

沙丘的斜坡上长着山毛榉和松树，一条被青苔覆盖的小路弯弯曲曲地往上延伸，小约翰和罗彬娜在路边厚厚的深绿色的青苔上坐下。从这里，他们可以从最矮的树顶端，眺望远处明暗有间的浓密的绿叶滚动的波浪。

“小约翰，我能帮你找到你想找到的，”罗彬娜一边深思着一边对他说，“但是你说的金钥匙是指什么？你又是怎么得到它的呢？”

“嗯，让我想想看，让我好好回忆一下究竟是哪里得到的。”小约翰眺望着远处的绿叶自言自语地说。

这时，他们的眼前忽然出现了两只白色的蝴蝶，他们在和煦的阳光和灿烂的蓝天下熠熠生辉，他们的翅膀在明亮的太阳中飘舞着、抖动着，异常耀眼，他们久久徘徊不去，最后飞到离小约翰和罗彬娜很近的地方停下来。

“清风娃娃！原来你们是清风娃娃派来的！”小约翰小声说，他突然记起了从前的一切。

“谁是清风娃娃？”罗彬娜充满好奇地问他。

知更鸟这时惊叫着飞起来，草地上盛开的雏菊也突然张开白色的大眼睛，非常吃惊地盯着小约翰。

“是清风娃娃给你的金钥匙吗？”女孩儿接着问他。

小约翰点点头，没出声。

“清风娃娃是谁？是他给你讲的那些故事吗？他现在在哪儿？”罗彬娜还想知道更多关于清风娃娃的事。

“他已经消失了。现在我的朋友是你，除了你以外没有其他任何人。”他拉着她的胳膊，把她的手放在自己的额头上。

“小疯子！”她边说边笑起来，“我会帮你找到那本书的，我知道在哪儿可以找到。”

“那我去拿回金钥匙，去很远的地方。”

“不用的，我没有金钥匙也能找到书。明天我们就去找。我保证带你去。”

他们回家的路上那对蝴蝶一直在前面给他俩领路。

那天晚上，小约翰梦见了爸爸，也梦见罗彬娜和其他很多人，他们都是他的好朋友，紧紧围着他，友善而信任地看着他。但是，突然之间他们的脸都变了，眼光也变得很冷酷，充满嘲讽。小约翰惊慌地打量四周，发现朋友们的脸都变得嫌恶而充满敌意，他感到一阵莫名其妙的压抑，之后他把自己哭醒了。

第 9 章

小约翰在那儿等了好久。空气很寒冷，大片大片的云朵很低，几乎垂到地面，有的以庄严的步伐排成整齐的队列飘到远方，有的好像敞开的灰色的飘扬的大斗篷，向着闪亮的高处昂起高傲的头颅。树梢上的光与影快速地交替着步伐，仿佛火炉里燃烧跳跃的火焰。

小约翰看着眼前这一切，心里感到有些害怕。他一直惦记着那本书，对能不能找到它有些半信半疑。在云朵上空很高很高，高得远不可及的那个地方，他看见很清晰的蓝色，蓝天上的毛茸茸的白云好似天鹅的羽毛一样慢悠悠地、不慌不忙地舒展开来。

“书一定像云朵那样！那么高，那么轻盈，那么宁静。”小约翰默默地想。

罗彬娜终于来了，但是今天知更鸟没有跟她一起来。

“小约翰，我都已经安排好了。你可以跟我来，去看那本书。”她大声告诉他。

“知更鸟在哪里？”小约翰迟疑地问。

“他没跟我来，因为我们现在不是去散步啊。”女孩儿回答。

于是，小约翰紧紧跟着她的步伐，一路上想着：“不对，绝对不对，整个经过应该跟这个完全不一样。”

不过，小约翰还是跟随着在前面给他带路的金发女孩。

悲伤的故事马上就要降临到小约翰身上了，亲爱的读者，我真心希望他的故事到此结束，可以免去他的痛苦。你是否曾经做过这样一个美梦，梦中有个神奇的花园，里面的动物和花朵都很爱你，跟你讲话，跟你一起玩儿？在梦中，你是否会意识到，如果自己突然醒过来，会失去梦见的美好的一切？然后你就拼命地想方设法留住一切，当你睁开眼睛时，只有窗前的那轮冰冷的月亮。

小约翰跟着女孩走在路上，就有这种真实的感受。

罗彬娜带着小约翰来到一座房子里，他们在走廊的脚步响起了回声。这里飘着衣服和食物的味道，小约翰不由回想起从前在家的那些漫无止境的日子，他记起学校里的作业，记起生活中让他感到悲伤与凄凉的那一切。

他们走进一个房间，人太多，无法看清有多少，他们都在忙着讲话，看到小约翰走进来，大家立即安静下来。小约翰注意到地毯上大得不可思议的图案和刺眼的颜色，就跟他家里小卧室里墙纸上的图案一般奇怪。

“你就是那个园丁的儿子？”一个声音从他的正对面传来，“小朋友，你不用怕，到我这儿来。”

这时，他旁边的另一个声音突然说：“罗比，你看这个小家伙，是不是觉得相当不错？”

小约翰琢磨着他们的话到底是什么意思。他深黑无邪的一双大眼睛里闪现出一丝顾虑，而后又惊又怕地环顾四周，这时他看见房间正中央有一个穿着黑衣的人，正用冷酷的灰色的眼睛注视着自己。

“我听说你想要得到书中之书。我很惊讶你的父亲没有给你那本书，因为我知道他是位非常虔诚的人。”那人开口说。

“您不认识我的父亲，他在很远的地方。”

“哦，这没关系，到处都是一样的。你看，小朋友！你要认真读这本书，它会给你的人生带来……”他还没说完，小约翰已经认出了这本书，根本不是他想找的那本，完全不是。

他摇摇头说：“不是，不是！这不是我说的那本书。这本书我早就知道，这不是我要找的那本书。”

他听见四周人们发出惊讶的声音，人们把目光投向了他，把他团团紧紧围住。

“说什么啊，小男孩？你这是在讲什么胡话？”有个人说。

“我知道这本书，这是人类的信仰之书。这本书里讲的是远远不够的，如果足够，人间就会和平而幸福，可是大家知道，并不是这样。我说的是另外一本书，看过这本书的人都会对它的内容深信不疑。在书里面可以找到世上一切问题的答案，非常准确、非常清晰的答案。”

“这是怎么回事儿？这个男孩是从哪儿听来的这些胡话？”人们七嘴八舌议论起来。

“小朋友，这是谁告诉你的？”

“小男孩，你肯定是读错书了吧？你在胡说八道什么！”

人们的议论声此起彼伏，小约翰的脸涨得通红，他感到有点头晕，房间在他周围开始打转，地毯上的大花图案不停地上上下下转动。那只在学校给他忠告的小耗子如今在哪里呢？他现在最需要明智的忠告。

“我不是胡说八道，教我这些事情的那个人，比你们所有人都重要。我能听懂花朵和动物们的语言，我是他们的朋友。我也知道人类究竟是什么，知道他们的生活方式；我知道精灵和树精们的所有秘密，因为他们喜欢我超过喜欢人类。”

“小耗子你快来救救我！”小约翰在心里默默地呐喊。

四面八方传来的嘲笑声，快把小约翰的耳朵震聋了。

“这孩子看来是中了汉斯·安徒生的毒。”有人说。

“这孩子脑子有什么问题。”有人接茬儿道。

他面前的那个穿黑衣服人说：“愣小子，如果你知道安徒生的故事，你就应该知道安徒生是多么敬畏上帝，尊重上帝的言论。”

“上帝！”这个词小约翰早就知道，这时他记起了清风娃娃讲给他听的那些话。

他连忙说：“我不敬畏上帝。上帝就是一盏很大的汽油灯，就是因为它，成千上万的人迷了路，甚至死去。”

笑声突然没了，房间里一片死寂，他能感到人们对自己刚才所说的话的恐慌与沮丧。小约翰清楚地感觉到人们锐利的目光，似乎要穿透他的全身，就跟他昨晚的梦魇一样。

黑衣人这时突然站起来，紧紧抓住小约翰的手。小约翰觉得好痛，这几乎使他丧失了意志。

“小男孩，你好好听着，我不知道你到底是个傻子，还是坏透顶的人，但是我不能容忍你不信仰上帝。我要求你马上离开这里，而且永远不要出现在我面前。我留意你将来变成什么样子，但你永远不能再踏进这地方。你明白了吗？”

周围所有的人都用冰冷的充满敌意的眼神盯着他，小约翰恐惧地环顾四周。

“罗彬娜，罗彬娜，你在哪儿？”

“你给我的女儿带来很坏的影响！你要小心，如果我再看见你跟她讲话，看我怎么收拾你！”

“不要！让我留在她身边！我不想离开她，罗彬娜！”小约翰顿时哭出声来。

女孩坐在房间的一个角落里，她很怕，也不敢抬头看小约翰。

“快滚出去，顽皮鬼！听到了吗？你千万小心，如果你下次再敢来到这里，看我怎么好好收拾你！”

黑衣人粗暴地抓住小约翰的胳臂，拖着他走过有回音的走廊，重重地打开玻璃门，把他扔到了门外。

小约翰独自一人站在被沉重的乌云笼罩的天空下，他已经不哭了，一边往前走着，一边默默地注视着前方。他双眼上方的皱纹现在显得更深了，而且再也不会消失。

知更鸟站立在椴树丛中盯着他看，他也停下来盯着鸟儿看了好一会儿。在那只鸟儿敏锐的眼神中，已不再有信任。小约翰靠近一步，鸟儿就慌慌张张展开翅膀逃走了。

“快跑，快跑，那边有个人！”花园的小径上一群麻雀这样叫嚷着，一飞而散。

盛开的花儿们也没有露出笑脸，沉着脸冷漠地看着他，仿佛他是一个完全的陌生人。

小约翰并没有在意眼前的这一切，只是一个劲地想着那些人残忍地伤害自己，就像一只冰冷坚硬的手玷污了他最柔软的灵魂。“他们应该相信我的，”他默默地想，“我一定要去拿回我的小钥匙，证明给他们看。”

“小约翰！小约翰！”一个细细的声音在呼喊他的名字。冬青树里有一个小鸟巢，威斯狄克的眼睛正从鸟巢的边上探出来。树精问他：“你要去哪里？”

“威斯狄克，都是你惹的祸。你离我远点儿！”小约翰对树精说。

“我真不明白你干吗跟那些人说话，人类不会明白你的。你为什么要把那些事告诉人类？你真是个大笨蛋。”

“他们嘲笑我，伤害我。他们太可恶了！我恨他们。”

“不对，小约翰，你喜欢他们。”

“不是这样！”

“当然是这样，否则你不会如此悲伤，不会在意他们说些什么。你要学会不在乎这些。”

“我要找回金钥匙，我要证明给他们看。”

“不要给他们看，看了他们也不会相信你的。这有什么用呢？”

“我要拿回藏在蔷薇花丛下面的金钥匙。你知道怎么才能找到它吗？”

“当然知道喽。你是说你家那里的池塘附近的蔷薇花丛吗？我知道去那里的路。”

“那你马上带我去吧，威斯狄克！”

威斯狄克爬到小约翰的肩膀上，给他指路。他们这样走了一整天，风刮得很大，有时天上会下起阵雨。一直到了傍晚的时候，天上的乌云才开始消散，厚厚的云朵变成金色和灰色的长条形状。

当他们终于走到熟悉的沙丘时，小约翰触景生情，一遍又一遍地呼唤："清风娃娃，清风娃娃，我回来啦！"

那里有野兔的巢穴和他们曾经睡过的沙丘。发灰的驯鹿苔又软又潮湿，也没有被他踩坏。沙丘上的蔷薇花已经凋零了，黄色的月见草遍地盛开着，散发出一阵阵淡淡的迷人的香味，长得很高的火炬草骄傲地展示着自己一片片厚实的毛茸茸的叶子。

小约翰仔细寻找着，他想要发现那丛长着棕色叶子的野蔷薇。

"威斯狄克，你看到在哪里了吗？我现在怎么找不到呢？"

"我不知道，"威斯狄克回答，"是你把钥匙藏在这里的，又不是我。"

那丛沙丘蔷薇曾经盛开的地方，现在遍布黄色的月见草。小约翰问月见草和火炬草知不知道沙丘蔷薇的下落，但是他们都很自以为是，高扬起他们的花朵；小约翰就问在沙地上盛开的三色小紫罗兰，可是他也不知道沙丘蔷薇的下落，他们都是这个夏天新开的花朵，不知道情况。

“唉，沙丘蔷薇在哪里啊？”小约翰大声叹了口气。

“你是不是想蒙骗我？”威斯狄克不客气地问道，“我早知道，人类就是这个德行。”他从小约翰的肩膀上滑下来，然后顺着草丛离开了。

小约翰绝望地扫视着四处，突然，他看见一丛沙丘蔷薇。

“你们知道那片茂盛的蔷薇丛去哪了吗？”小约翰问，“原来就在这儿的那一大片？”

“我们不跟人类讲话。”沙丘蔷薇回答他。

这就是他最后听到的声音，之后一切生命都陷入沉默不语，只有草在静静的晚风中轻叹。

“我难道是人类吗？”小约翰想，“不会的，一定不会是这样。我不想当人类，我恨人类。”

他感到又累又疲倦，便来到空地边躺下，躺在又软又潮湿的青苔上，闻着青苔散发出的一阵阵湿漉漉的气味。

“现在我不能再回去找罗彬娜，我永远都见不到她了。如果没有她，我还能活下去吗？或者我继续活着，继续做人类，就跟嘲笑我的那些人一样？”

这时，小约翰又看见那两只白色的蝴蝶，从落日中向他飞来。他渴求地望着他们，他们会给他引路吗？蝴蝶飞在他的头顶上，一会分开，一会又聚在一起，游戏般地互相环绕着、飞舞着。他们离太阳越来越远，翻过沙丘，向森林的方向飞去。夕阳照亮了最高处的树梢，长条状的沉重的云朵也被涂成刺眼的红色。

小约翰一直紧跟着他们，当他们飞过第一排树时，他发现身后有个黑影在悄悄跟着自己，并无声超了过去。紧接着，那对蝴蝶不见了，黑影猛地冲过来扑杀了他们，小约翰恐惧地伸出手遮住自己的脸。

“哎呀，好朋友，你干吗要哭？”一个尖声尖气的嘲讽的声音问他。小约翰原本看到一只大蝙蝠飞向自己，可当他勇敢地睁开眼睛看时，却是一个同他个头差不多的黑色小人站着沙丘上，他的头和耳朵都很大，脸在傍晚的光线中不太能看清楚，身材很瘦，腿也细细的，只有一双小眼睛在黑暗中闪闪发光。

“喂，小家伙，你是不是丢了什么东西？我来帮你找吧。”那个小人说。

小约翰没吱声，摇摇头。

“你看这里！你想要，我就给你。”他再次开口，并松开手。

小约翰看见他捧着一个白色的东西，时不时会动一下，原来是那对蝴蝶，他们颤抖着被揉坏的翅膀，进行垂死的挣扎。小约翰感到一阵凉透心的恐惧，似乎有人在他的后背吹了一口冷气。他惊恐而疑惑地看着眼前这个怪物。

“你是谁？”他问。

“小伙子，你想知道我的名字吗？你就叫我毛怪儿好了，这样听起来亲热些。我有更好听的名字，但即使我告诉你，你也听不懂。”

“你是人类吗？”

“我可比人类厉害！我不仅有头有手有脚，看！多大一个脑袋。你竟然问我是不是人类。小约翰啊小约翰，你真糊涂！”那个小人发出一阵尖锐而刺耳的笑声。

“你怎么会知道我的名字？”小约翰惊讶地问。

“这对我来说太容易了！我知道的事比这多得多。我也知道你从哪里来，你到这里来干什么。我知道的事情实在太多太多，我几乎知道世上的一切。”

“原来是这样哦，毛怪儿先生……”

“毛怪儿，哼，这个名字确实不动听。”

“你能不能告诉我……”小约翰说到这儿突然打住，他想：“毛怪儿是人类，是不能信任的。”

“你想问我金钥匙在哪儿，对吗？我当然知道在哪儿。”

“我以为人类不知道这件事。”

“你是傻瓜！除了你知道的，威斯狄克会告诉我一切啊。”

“你也认识威斯狄克吗？”

“那当然！他是我的好朋友。我有很多朋友，所以没有威斯狄克我也会知道你的事。我比威斯狄克知道的多得多。威斯狄克是个好人，但是他很蠢，而且不是一般的蠢。我不蠢，绝对不蠢！”毛怪儿一边说，一边用他瘦瘦的小手敲打自己的大头。

他接着说："你好好想想吧，小约翰，威斯狄克最大的缺点是什么？倘若我告诉你，你绝对不能告诉他，因为他会非常生气的。"

"你说吧，是什么？"小约翰问。

"他根本不存在。这就是他最大的缺点，但是他不承认，还对我说同样的话，说我不存在！他那是在撒谎。我存在吗？我真真切切地存在！"

毛怪儿此时把那对蝴蝶放进自己口袋里，忽然他在小约翰跟前倒立起来，他狰狞地笑着，然后把舌头从嘴里伸出来。小约翰先前跟眼前的这个怪物在一起时就有些不自在，不过没有完全意识到，而现在着实被吓得直打哆嗦。

"这才是观察世界的最好的角度，"毛怪儿一边倒立一边说，"你要是愿意的话，我教你怎么做。这样你看一切会更加清晰，更加真切。"

他边说边用双脚踢着空气，同时用双手在地上打转儿。晚霞照在他倒立的脸上，让小约翰不寒而栗。毛怪儿的那双小眼睛在余晖中不停地眨着，露出了怪异的眼白。

“你看，从这个角度云彩就变成了大地，而大地则变成了世界的屋顶。人类只知道把一个方向视为唯一的真理，但是世上并不存在上与下。也许，在云彩上面有一个可以散步的好去处。”

小约翰看了看长条形的云彩，觉得很像新开垦的土地，上面插着鲜红色的似乎被血染红的犁，在这片云海上方是那扇神秘云洞的大门。

“你能带我去云洞里参观吗？”小约翰问毛怪儿。

“你疯了！”毛怪儿回答，然后倒转回来站直了。小约翰现在松了一大口气。

“你说的是疯话，小约翰，你去了那里就会发现，其实那里跟这里完全一样。要找到一个真正的好地方，必须去到更远的地方。你现在能看到的那片美丽的云彩上，到处都是雾气蒙蒙，昏暗寒冷。”

“我不相信你说的，”小约翰回答，“现在我看你就是人类。”

“哎哟喂，你怎么可以因为我是人类就不相信我呢，我的好伙计！你自己难道是什么很特别的物种不成？”

"毛怪儿，我也是人类吗？"

"你以为你自己是精灵不成？精灵是不会爱上别人的。"毛怪儿在小约翰跟前坐下，交叉起双腿，然后盯着他一阵狞笑。小约翰被他看得实在不自在，只想马上躲起来或者干脆消失，但是又不得不面对眼前这个人。

"只有人才会爱上别人，你听到我说的话吗，小约翰？这是件好事，否则人类早就绝种了。你也正如他们一样在爱着，即使年纪轻轻。告诉我，你在想念谁？"

"我在想念罗彬娜！"小约翰悄声回答，他的声音小得几乎听不见。

"你最最渴望见到的是谁？"

"也是罗彬娜！"

"你觉得没有这个人就活不下去，对不对？"

小约翰的嘴唇轻轻动了动说："你说得对，罗彬娜就是那个人！"

"那好吧，小家伙，"毛怪儿干笑了两声，"那你干吗觉得自己是精灵呢？精灵是不会爱上人类的。"

“但她是清风娃娃……”小约翰结结巴巴地说。

毛怪儿这时脸色大变，用瘦骨嶙峋的手拽住小约翰的耳朵拧了一下：“看你再胡说八道！你是想吓唬我吗？清风娃娃比威斯狄克还要蠢，而且蠢多了。他浅薄无知，更糟糕的是他不存在，从来也没存在过。只有我是真的，你明白吗？如果你不相信我，我会让你感到我的存在。”

他用手狠狠拽住小约翰的耳朵，拧了几把。

小约翰叫道：“我已经认识清风娃娃很久了，我跟他去过很远的地方。”

“我告诉你，那是你在做梦。你说，你的金钥匙在哪里？你现在可不是在做梦，觉得痛吗？”

“好痛！”小约翰叫出声来，毛怪儿又掐了掐他的耳朵。

天已经黑了，蝙蝠从他们的头顶上飞过时发出一阵尖叫。夜晚的空气黑暗而沉重，树叶静止着一动不动。

“你可以放我回家吗？”小约翰恳求道，“我想去找我爸爸，行不行？”

“找你爸爸？你要找他做什么？”毛怪儿问，“你逃走那么久，他肯定不会饶了你的。”

“我很想家，”小约翰说。他想念家里起居室明亮的灯光，他从前常常在那里，坐在爸爸身边，听着他用笔在纸上写字的声音。那里很安静，让人感到很和睦、很快乐。

“你不该为了一个不存在的疯子在外面待这么久，如今为时已晚，不过没关系，今后就由我来照顾你。其实，由你爸爸或者由我来照顾你没什么区别。你的爸爸其实也是你凭空想象出来的，是不是你自己把他找来的？你不觉得世界上还有跟他一样好、一样英俊的人吗？我跟你爸爸一样好，但我比他英俊，英俊多了。”

小约翰已经失去回答的勇气，闭上眼睛，轻轻点点头。

毛怪儿接着说：“罗彬娜，你不用再去找她了。”他把手放在小约翰的肩膀上，在他的耳边轻声说：“那个女孩其实也跟别人一样把你当成傻瓜。你看到了，当他们嘲笑你时，她坐在角落里一句话也不说，对不对？她跟那些人一样坏。她觉得你不错，仅仅是想玩玩而已，你就跟她的金龟子一样。她根本不在乎你离开，更不知道那本书的事。但是我知道，我知道那本书的下落，会帮你找到它。我对世界上的事几乎无所不知。”

小约翰现在开始慢慢相信他的话。

“你跟我来吗？我们现在一起去找那本书，好吗？”

“我好累好累，”小约翰说，“让我先睡一会儿。”

“我不喜欢睡觉，”毛怪儿说，“我精力过剩。人必须永远保持清醒和思考的状态。这样吧，我让你休息一阵子。明天见。”

毛怪儿这时尽最大的努力，露出友善的笑容。小约翰凝视着他的一双黑眼睛，可是什么也没看到。他感到眼皮很重，便靠在长满青苔的沙丘斜坡上。那对黑眼珠离他越来越远，最后变成了黑夜天空中的两颗星星。他仿佛能听到来自遥远地方的声音，大地在他身体下飘浮起来，再后来，他就不知道自己在想些什么了。

第 10 章

半醒半睡间，小约翰模模糊糊地感觉到在自己熟睡时发生了一些事情，但他并不是很想知道发生了什么，也不想找出其中的原委。他很想再回到睡梦中，但是梦已经像一层雾那样，正在慢慢消散。在他的梦中，罗彬娜回来了，她像从前一样抚摸着他的头发；他还见到了爸爸和小狗布莱斯，他又回到了有池塘的花园里。

“嗷！”他痛得叫出声来，“这是谁？”小约翰慢慢睁开眼睛，在灰蒙蒙的晨光中，隐约看见身边的一个小人影在揪自己的头发。他发现自己躺在一张床上，周围光线黯淡而不均匀，如同在某个房间里。此时，他看清正在低头俯视自己的那张脸，他立刻重新回到昨天的悲观与犹豫不决之中。是毛怪儿的那张脸，虽然今天看上去少了一些诡异，多了几分人样，可依然像以前一样丑陋不堪和令人恐惧。

“别吵我，让我继续做梦吧！”小约翰说。

毛怪儿一边使劲摇着他，一边说：“你疯了，懒虫。做梦是傻瓜做的事，是没有任何意义的。一个人必须工作、思考和寻找人生的真谛，这样才是人。”

“我不想做人类，我想做梦。”

“你这样是不行的，你必须做人啊。你现在归我管，同我在一起，你必须工作与寻找人生的真谛。只有同我在一起，你才能找到自己心中最渴望的东西。找到它之前，我不会离开你。”

小约翰感到一股隐隐约约的抵抗，但同时仿佛有一种无形的压力在强迫自己低头，他只能唯唯诺诺地屈服了。昨天的沙丘、树木和花朵都不见了，他现在躺在一个昏暗的小房间里，窗外自己目光所及之处，是一排又一排的房子，它们无止境的单调的灰色使他感到压抑。房屋的上空飘着一圈又一圈的浓烟，浓烟最后变成棕色的灰尘落在街上，街道里的行人匆忙走过，像一只只又黑又大的蚂蚁。人声喧哗，无休无止。

“你看，小约翰，这不是很好吗？”毛怪儿开口说，“你现在看见的就是人和房子，房子一直延伸到比远处那座蓝塔更远的地方，那边也到处都是人，上下左右全是人，你不感到很惊讶吗？这可跟蚂蚁的巢不一样。”

小约翰对这一切感到既害怕又好奇，就好像有人给他看一头又庞大又可怕的怪物。他站在这头怪物的背上，看着怪物黑色的血液流过粗壮的血管，从这头怪物数不胜数的鼻孔里正在喷出肮脏的烟。他害怕听见怪物发出的吼叫声，这给他带来不祥的预感。

“小约翰，你看那些人走得多快呀，”毛怪儿继续说，“你可以看得出来他们的时间很紧迫，就好像也正在找寻着某种东西，对不对？但是最滑稽的是，他们谁也不知道自己在找什么。当他们寻找了一段时间后，会遇到一个叫骸恩的人。”

“他是什么人？”小约翰追问。

“骸恩是我的一位老相识。有机会我把你介绍给他。骸恩见面时会说：‘你是在找我吗？’大多数人都会回答：‘不是的，我不想找你！’骸恩就会说：‘世界上除了我以外，你们没什么好找的了。’所以人们不得不接受了骸恩。”

小约翰现在听明白了，毛怪儿说的是死亡。

“难道一切总是这样一成不变地结束吗？”小约翰问。

“是的，永远如此。不过，每天都会有新人出现，毫不犹豫开始新的寻找，但他们同样也不知道要寻找什么。他们找啊找，直到最终找到了骸恩。这种情况已经持续了很长时间，还会再持续下去。”

“毛怪儿，难道我的寻找也会一无所获？除了你的那位老相识以外……”

“骸恩是你迟早会碰到的，但这无关紧要。开始寻找吧，小约翰！一直找，不要停！”

“毛怪儿，那本书在哪里？你说过要帮我找那本书。”

“哦，天知道在哪里！我当时没有反对你的想法，仅仅是因为我们无论如何都必须找啊找，不停地找，现在至少我们知道我们在找什么，多亏威斯狄克告诉我们。世界上有的人，一辈子都在寻找，尽管对找什么并不怎么理解，这是科学家。可是一旦骸恩来了，他们的寻找就结束了。”

“毛怪儿，你讲得很可怕。”

“一点儿也不可怕。骸恩心肠可好啦，只是谁都不愿意承认。”

这时，门外的楼梯上响起一阵咚咚咚的脚步声。脚步声越来越近，然后有人在敲门，敲门声就像是铁在木头上刮的声音。

一个高高的人走进来，他的眼窝深凹，一双手又长又瘦。一阵冷风伴着他吹进屋里。

“瞧，说到就到，”毛怪儿跟来人招呼道，“请坐！我们刚才正在讲起你。你最近还好吧？”

“我简直忙坏了！”那个高个一边说，一边用手擦掉自己瘦削光秃的额头上的汗水。

小约翰胆怯地盯着高个下凹的双眼。高个也看着小约翰，他的眼睛严厉而忧郁，但眼神既不残忍，也没有敌意。过了一会儿，小约翰感觉呼吸平静了，心也不再跳动得那么快了。

“这是小约翰，”毛怪儿说，“他听说有一本书，书里能找到一切问题的答案。我们打算要一起去找到这本书。对不对，小约翰？”毛怪儿这时意味深长地笑出声来。

“原来是这样啊。这个想法不错！”死神和蔼可亲地说着，向小约翰赞许地点点头。

“这位小朋友很害怕会找不到，我告诉他要不辞辛劳地去找。”

“确实是这样！”死神回答，“不辞辛劳是最好的方式。”

“这位小朋友原以为你很可怕。”“小约翰，你现在知道自己想错了，对不对？”

“是啊，是啊，”死神宽容地回答，“人们总是把我说得很恶毒。我的相貌不讨人喜欢，但是我的心地是善良的。”他露出一丝微笑，似乎他所做的事业比口头上说的一切要重要很多。随后，他把视线从小约翰身上移开，若有所思地眺望着窗外的大城市。

小约翰很长时间一句话都不敢说，此时才轻声问：“你今天要带我走吗？”

“好孩子，你在说什么呢？”死神回答，他从冥思中抬起头来，“不呢，你时间还没到。你先要长大成人。”

“我不想像别人一样，长成一个人。”

“那怎么行？那是你没办法的事！”死神说。

小约翰可以听出来这是他习惯使用的借口。

死神接着说：“我的朋友毛怪儿可以教你怎样成为好人类。做好人类有很多种方式，毛怪儿会用最好的方法教你。成为好人类是一件很美丽、很让人向往的事，小家伙，你可不能小看这件事哦！”

“寻找人生的真谛、思考、观察！”毛怪儿这时接茬道。

“正是，正是！”死神肯定地回答，然后他问毛怪儿：“你要把他交给谁呢？”

“交给赛菲尔医生，他是我从前的学生。”

“哦，对！他是名好学生，是好人类的优秀典范，几乎是完美的例子。”

“我会见到罗彬娜吗？”小约翰战战兢兢地问。

“小家伙在说什么？”死神问毛怪儿。

“是这样，他曾经爱上一个女孩，还幻想自己是精灵。哈哈哈！”毛怪儿阴阳怪气地笑出声来。

“好家伙，那可不行，”死神说，“恋爱那样的事，赛菲尔医生会教你怎样忘记。世上像你一样寻找爱情的人，会失去一切，因为只能选择爱情或者虚无。”

“我会让他成为一个真正的人，我会让他看到爱情的真相究竟是什么，然后他自己会去弄明白的。”

毛怪儿高兴地笑着起来，死神这时又把目光转向可怜的小约翰，小约翰忍不住抽泣起来，但他不敢在死神面前放声大哭。

死神突然站起身来。他说：“我必须离开二位了，说着说着就忘了时间，今天还有很多的事情要做。再见，小约翰！我们后会有期。你也不用怕我。”

“我不怕您，我想请您现在就把我带走。求求您！我宁愿您马上就把我带走。”

但是死神拒绝了他，他已经习惯了人们的请求。

“不行，小约翰！你现在必须活下去，去工作，去思索，去寻找人生的真谛。你再求我也没有用。我只告诉你一次，你的时间还很充裕。”

死神离开后，毛怪儿又开始嚣张起来。他一会儿跳到椅子上，一会儿在地上翻跟头，一会儿又爬在柜子和壁炉上，或者爬到敞开的窗前做出各种各样惊险的动作。

“那就是骸恩，我的好朋友名字就叫骸恩，”他这样大声嚷嚷着，“你喜不喜欢他？虽然他外貌看似丑陋不堪，脾气很大，偶尔也会厌烦单调乏味的工作。但是他还是愉快的，总能从工作中获得快乐。”

“毛怪儿，有人告诉死神他应该上哪儿吗？”小约翰好奇地问。

毛怪儿露出狡诈的神色，鲁莽地盯着他说：“为什么你要问这个呢？他自己知道该做什么，他抓到谁就谁倒霉了。”

直到后来小约翰才明白死神的工作方式，但是眼下他还不确定毛怪儿是不是在对他撒谎。

他们走出房门来到大街上，穿过拥挤的人群。身穿深色衣服的人群在周围喧闹着，他们微笑，谈笑风生，这里欢快的气氛让小约翰感到惊讶。他看到毛怪儿同很多人打招呼，但是谁也不搭理他，好像根本没有看见他一样。

毛怪儿对小约翰说：“他们现在还知道笑，而且都装作不认识我。但是千万不要被假象蒙骗，如果单独面对我，他们就不敢不理我，而且也不会像现在这么轻松快活。”

他们继续往前走，小约翰发现有个人在后面紧跟着他们。他环顾四周，发现人群中一个高个头脸色苍白的人静悄悄走着，他一边迈着大步，一边向小约翰点点头。

“其他的人也看得见骸恩吗？”小约翰问毛怪儿。

“肯定看得见！只是所有人都不想认识他。好吧，原谅他们的自大和骄傲！”

拥挤的人群骚动起来，小约翰不知所措，这让他暂时忘却了自己内心的痛苦。狭窄的街道和高高的楼房，把湛蓝的天空切割成整齐有致的长条形。路人们往来拖沓的脚步声和车轮隆隆滚动的噪声，搅乱了小约翰昨夜的梦境，从前的世界也像水中的倒影一样破碎，仿佛如今的世界里除了墙、窗户和人流以外，没有其他任何东西，他感到自己也身处其中，与他人无异，在人群中相互推搡着，天旋地转，不能呼吸。

终于，他们来到一片安静的区域，这是一座大房子，暗灰的窗户给人留下一种既严厉而又不友善的感觉。房子里面静悄悄的，小约翰闻到一股不熟悉的刺鼻的味道，其中还夹杂着明显来自地窖的潮湿的霉味。他们来到一个房间里，这里坐着一位孤独的人，他的周围全是各式各样的奇特的机器。房间里有很多书、玻璃杯和铜器皿，都是小约翰从前从来没有见过的。一束阳光越过他的头顶照进屋里，将装着各种色彩艳丽液体的玻璃器皿照得闪闪发亮，这位孤独的人全神贯注地观察着铜管里的动静，没有抬头看他们。

小约翰慢慢走近他，听到他口中不停地念叨着一个名字："威斯狄克啊，这个威斯狄克！"

这个人旁边的黑色长椅上，有一个白色的毛茸茸的东西，小约翰一下认不出那是什么。

"医生，早上好！"毛怪儿说，但是医生仍然没抬起头来。

小约翰一直盯着看的那个白色的物体突然抽搐了一下，把他吓了一跳。原来是一只被绑住的毛茸茸的兔子。兔子的头被铁钳固定着，四条腿被绑在身体的两侧。这只小动物进行过短暂的挣扎，企图逃走，然后就不动了，只有血肉模糊的喉管剧烈地起伏着，让人感到他还活着。

兔子那双圆圆的温柔的眼睛瞪得大大的，充满了无助与惧怕。小约翰突然发现，他好像认识这个小家伙，这个柔软的小身体，不就是那个怡人的夜晚，他和清风娃娃靠着睡觉的那只兔子吗？从前的记忆猛然闯进他的脑海里，他情不自禁一步冲到兔子跟前。

“等一下！可怜的小兔子，让我帮你。”他叫道，然后急急忙忙动手解开绑在四条腿上的绳子。

可是小约翰的手被紧紧抓住了，紧接着他听到身后传来尖锐的大笑声。

“小约翰，你这是干吗呢？你可不能这么小孩子气，医生可是会看不起你的哦。”

“那个男孩到底要干什么？他为什么来这里？”

“他想成为大人，所以我今天把他带来找您。但是他年龄还小，不是很懂事。小约翰，你如果这样下去，就找不到你想要的东西！”

“他说得对，你这样是不行的。”医生对他说。

“医生，放走小兔子！”小约翰坚决要求道。

毛怪儿用力捏了他的手一下，小约翰痛得打了个哆嗦。

“你忘了我们是怎么说的，小家伙？”他咬牙切齿地耳语道，“我们打算一起去寻找，不是吗？这里不是沙丘，这里也没有清风娃娃和那些愚蠢的动物，我们是人类！人类，你懂吗？如果你不想长大，如果你不够坚强，如果你不听我的话，那我现在就放你走，你自己一个人去找好啦。”

小约翰没作声，他相信了毛怪儿说的话。他很想要强大。他闭上双眼，这样就不会再看见小兔子了。

“好孩子，”医生说，“你好像过于幼稚，也过于敏感了。我同意，第一次看见这种事确实会让人感到很不舒服，我自己也非常不愿看到这种事，也会尽量避免遇到这种事，但是这也是不可避免的。你要明白这个道理：我们是人，不是动物，人类与科学的荣耀高于那只兔子。”

“你听好啦！”毛怪儿说，“科学与人类高于一切！”

“科学家远在其他人类之上，”医生继续说，“这就意味着科学家要把一般的人的那些微不足道的情感置之度外，为了追求一个伟大的目标：科学。你想成为科学家这种人类吗？我的孩子，你不认为这就是你的使命吗？”

小约翰犹豫不决，他不明白使命是什么，对于这个词他实在是一无所知。

“我想找到威斯狄克说的那本书。”他这样回答。

医生惊讶地看着他问道：“威斯狄克告诉过你这件事？”

毛怪儿赶紧插嘴道：“医生，我知道他确实想找到那本书。他想寻找最高的智慧，想要了解事物的真实本质。”

小约翰点点头说：“是的！”他想了解万物的真相。

“那么你一定要坚强，小约翰，不能胆怯、心软。这样我才能帮助你。但是你必须记住：你或者会得到一切，或者会失去一切，你只有这两种选择。”

小约翰颤抖着，把松开的绳子绑回到小兔子的腿上。

第 11 章

毛怪儿说："等一会你就知道了，我是不是可以跟清风娃娃一样，能带你看很多奇妙的事情。"

他们向医生告别，答应很快回来看他。随后毛怪儿带着小约翰去参观了城市的各个角落，他向小约翰介绍城市这只大怪物是如何生存的，它怎样呼吸，怎样进食，怎样消化，最终怎样长大。

毛怪儿更偏爱阴暗的贫民窟，这里的人们住在拥挤的房子里，周围的环境阴暗肮脏，空气弥漫着沉重得让人透不过气来的感觉。

毛怪儿带着小约翰来到一座大楼前，大楼屋顶上正在冒着烟。小约翰认出，这里是他昨天从远处看见过的地方。大楼里的噪音震耳欲聋，四处的机器都在永无止境地铿锵作响，一刻也不停息。那些巨大的轮子不停地转动，带动着长长的传输带。墙壁和地板都是黑乎乎的，有些窗户的玻璃被打碎了，玻璃上沾满了灰尘。乌黑的建筑上面有一个大烟囱，直上云霄，喷出很粗很浓的烟尘。在一台又一台转动的机器间，小约翰看到一张张苍白的面孔，他们的手和衣服都很脏，他们每个人都在默默地、不停地劳作。

“他们是谁？”小约翰问。

“他们都是零件，零件而已，”毛怪儿笑着回答他，“你如果愿意的话，也可以把他们叫作人类。他们日日夜夜从事着一成不变的工作，你也可以用同样的方式成为人类，他们也是人类的一种。”

之后，他们走进一条肮脏的小巷，这里只能看见一线蓝天，还被一排排挂满衣物的晒衣架遮挡着。小巷里拥挤不堪，人们互相推来推去，叫喊着，嬉闹着，时不时还会传来一阵阵歌声。从外面可以看到，楼房里的房间很小，光线很暗，空气混浊，小约翰几乎不敢呼吸。他看着在光秃秃的地板上到处乱爬的婴儿，衣衫褴褛；有一位年轻妈妈正在给她怀中的瘦骨嶙峋的婴儿唱催眠曲。他也能听见人们的争吵声。他看到的每一张脸，都是那么憔悴、呆滞、冷漠。

这些景象让小约翰感到非常痛心，同他从前体会到的痛苦完全不同，他为从前的自己感到羞愧。

“毛怪儿，这里的人难道一直是这样生活吗？他们的处境如此可怕，如此悲惨，即使在我……”他问。

“确实是这样，不过也许他们是快乐的呢，”毛怪儿回答，“他们不认为这是痛苦和悲惨，因为习惯了这样，他们并不知道世界上还存在其他的方式生活。他们都是些无知而冷漠的动物。你看那两个坐在门前的妇人，她们很满足地看着眼前肮脏的街道，就跟你从前眺望美丽的沙丘一样满足。你不必为这些人伤心，为他们伤心还不如为生活在地下从不见天日的鼹鼠伤心呢。”

小约翰不知道怎样回答他，也不明白为什么自己现在想哭。他在喧嚣嘈杂的机器声中，默默地看着这些脸色苍白、眼神空洞的人类，机器般地劳作着。

“你看到了吗？骸恩是个好人，是他把人类从这里解救出去，”毛怪儿说，“但这里的人还是怕他。”

当夜晚降临时，星星点点的灯火在风中一盏盏亮起来，黑暗的水中倒映出城市长长的影子，漂浮不定。他们两人走在静静的街上，高大而老旧的楼房疲惫不堪地互相靠着入睡了，大部分窗户中的灯火已经熄灭，时不时才会看到几扇孤零零的窗口发出的昏黄的灯光。

毛怪儿一刻不停地给小约翰讲住在那些楼房里的人们的故事，他们所忍受的痛苦，他们在悲惨与求生的欲望之间挣扎。毛怪儿不回避任何细节，专讲最阴暗、最卑鄙和最可恨的细节来烘托所讲的故事，看见小约翰听完了他的故事后脸色苍白一言不发，便开心地笑起来。

“毛怪儿，你知道‘伟大的光芒’是什么吗？”小约翰突然问，他以为现在问这个问题，会把自己从这紧紧地包裹着他的黑暗中解救出去。

“都是瞎说！那是清风娃娃专门为你瞎编的！”毛怪儿回答，“纯粹是梦幻。只有人类才是真实存在的，包括我。你以为上帝或者诸如此类的神明，愿意管理这一片混浊混乱的地球吗？你说的那个‘伟大的光芒’如果存在，就不会有那么多人生活在黑暗中了。”

“那么星星呢？”小约翰问，他似乎想尽一切努力来保存一线希望。

“什么星星不星星的？小家伙，你知道自己到底在说些什么吗？你头上的星星，并不是你所想象的那样，是灯笼一样会发光的物体。那些星星都是一个个世界，比地球上成百上千的城市加起来还要大的世界。在那儿没有天上和地下之分，星星周围又都是星星，永无止境……我们是在星际间飞舞的渺小星尘。”

“你不要再说下去了！”小约翰情不自禁地叫出来，声音中充满了恐惧，“你不用说了，我能看到太阳照亮黑暗的角落。”

“是这样的。你现在除了光什么也看不见。如果你用一辈子的时间盯着上面看，你看到的只能是黑暗背景中的星星点点的光明。但是你必须记住，你所看到的都是不同的世界，那里不分上下，庸庸碌碌的凄惨的人类在其中非常渺小，世上的一切也会默默无闻地消失。你以后别再提起‘星光’，也别以为那是像很多盏灯一样挂在天上的东西，那是很愚蠢的行为。”

小约翰默不作声，一个可以照亮这个污浊世界的“伟大的光芒”的梦，瞬间又崩塌了。

“好啦，好啦，我现在带你去看一些好玩的。”毛怪儿说。

这时一支温馨动人的曲子飘入他们的耳际，抑扬顿挫。在暗处的运河边耸立着一座大房子，明亮的烛火正从很多很高的窗户里透出来，照在街上。大房子前停满了马车，马蹄清脆的声音穿过寂静的夜空，马儿们快活地点着头，马车上崭新的银把手闪闪发光。

房子里灯火辉煌。小约翰眨眨眼睛，注视着数不清的点燃的蜡烛、色彩斑斓的鲜花、反光的镜子。人影轻盈地飘过窗前，他们互相依偎着，亲密地交谈着和微笑着。在大厅的深处，衣着华贵的人们互相环绕着，翩翩起舞，笑声、耳语声、舞步声和衣裙的沙沙声交错在一起，伴随着一阵阵悠扬而缠绵的舞曲，飘荡到大街上，从很远的地方都能听见。街上，几个黑影站在窗畔，屋内的灯光照亮了他们写满渴望的脸。

“这一切真漂亮，我好喜欢！”小约翰激动得叫出声来，眼前的色彩、烛火和鲜花令他非常开心，“房子里正在发生什么？我们能进去看看吗？”

“哦，原来你也喜欢这个？我还以为你更想去参加兔子巢穴举行的晚会！你看看这些人是怎样神采奕奕地在一起社交的，男人们温文尔雅，女人们珠光宝气。他们把跳舞看成一种严肃认真的工作，好像世界上没有比这个更重要的事。”

小约翰这时回想起兔子巢穴中的晚会，这里的华彩让他思念那个夜晚，但是这里的一切的确更加奢侈豪华。一位戴着华丽帽子的年轻女士正在翩翩起舞，她抬起修长白皙的双臂，把头稍稍偏向一边。她的姿态让小约翰想起一个精灵。侍者们穿行在客人中间，恭恭敬敬地为客人们奉上酒水。

“这里简直美极啦！”小约翰欢快地叫着。

“非常美，对不对？”毛怪儿接应道，“但是你现在得明白更多。现在你看到的都是一张张和蔼可亲的微笑的面孔，是不是？可是这些微笑大部分都是假的、骗人的。你看，围坐在舞池四周的那群面目慈祥的老太太，她们就好比是池塘边钓鱼的渔翁，那些年轻的女人们就好比是她们的诱饵，男人们就是将要上钩的鱼儿。她们虽然表面上装得很友好，但是事实上正进行着一场激烈的钓鱼比赛。如果你看到其中一位年轻女子很开心，那是因为她比别人穿得美丽，或者是因为比别人更能吸引男人的注意力。男人们喜欢什么，自然不言而喻。在那些微笑的眼睛和温柔的嘴唇后面，隐藏着非常不同的东西。即便是那些彬彬有礼的侍者，也不是你所看见的那样。如果今晚这里所有的人都说真话，那么，这场晚会很快就会散场的。”

听了这话，小约翰似乎看懂了这些温和的面容后隐藏的虚伪，他看见人们的虚荣、妒忌、厌倦从他们的笑容里流露出来，或者在不经意的举止间显露出来。

毛怪儿说："由他们去吧，人们需要娱乐的时间，他们不知道其他娱乐方式。"

这时，小约翰突然感到有人站在身后，他转过身，认出了那个熟悉的修长的身影——死神。他苍白的面孔被灯光照亮，又大又黑的眼睛在炫目的光芒中显得更加深邃。他默默地在嘴里念叨着什么，手指指向辉煌的大厅的方向。

"你看到了吗？他又在选择死者。"毛怪儿说。

小约翰顺着死亡手指的方向看去，看见一位正在谈话的老女人骤然合上双眼，把手放在自己的额头上。她年轻的女儿马上停下了舞步，走到老女人面前，身体战栗着。

"日子已经定下了吗？"毛怪儿问死神。

"这个不用你操心。"死神回答。

"我下回还想带小约翰来看看这群人，我们时间够吗？"毛怪儿眨眨眼，脸上露出一丝诡秘笑意。

"你是说今晚？"死神问。

"的确如此，"毛怪儿回答，"没时间了，眼下的一切都曾经已经发生过，将要发生的都已经在眼下发生。"

“只可惜我不能跟你们一起去，”死神说，“我的工作实在太忙。提我俩都知道的名字，事实上，你们没有我也可以找到路。”

后来他来到一条偏僻的小巷，夜晚的风吹着煤气街灯的火焰，运河里漆黑的水敲打着石头筑成的堤岸。缠绵的舞曲变得越来越缥缈，最后消失在城市的一片死寂中。

这时忽然从高处传来金属的回声，一曲洪亮而喜庆的调子开始奏起，教堂高塔的钟声飘到沉睡中城市的街头巷尾，深深地撞击着小约翰悲伤的灵魂，他惊恐地抬起头看向上空。钟塔的鸣奏正在继续，钟声清晰平稳，雄壮而响亮地穿过城市，打破死寂的一切。钟声欢乐的曲调使小约翰感到惊讶，轻快悦耳的钟声久久徘徊在熟睡的人们的梦中，与死神的静悄悄的脚步声相伴而行。

“那就是钟声，年复一年日复一日，永远都这么快乐，”毛怪儿说，“每一个整点，它都用同样节奏，唱同一首歌儿。它很高兴自己不用睡觉，能够一天到晚高高兴兴地唱歌。它晚上唱得比白天更欢快，当有人死的时候，唱得最豪迈、最响亮。然而，就在这座钟下面，世人在痛哭，在受难。”

此时，钟声再次回荡在夜空中。

毛怪儿继续说：“将来会有那样一天，在一个安静的房间里，窗户后有一盏微弱的光，淡淡地闪烁着，把阴影投在墙壁上。房间里悄然无声，时不时能听见一阵悄声的呜咽，窗前的白色窗帘上映着人们的黑影，床上的白床套下一动不动地躺着从前叫小约翰的那个人。这时大钟又会唱起同样的歌，声音洪亮而圆满，用来歌颂此人的死亡。”

大钟缓慢地、重重地敲响了十二下，钟声在空中萦绕不散，当钟最后一次敲响时，小约翰突然觉得自己是在做梦，他此时不是在街上行走而是飘浮在街道上空。毛怪儿牵着他的手，房子与街灯飞速地在他的身边闪过，房子似乎也不再紧紧地挤在一处，构成独立的一排排，中间隔着神秘的漆黑的空隙，煤气街灯照亮了布满四处的各式各样奇形怪状的洞穴。很快，他们来到一座圆柱高栏的大门前，从上方飞过大门后，降落在潮湿的草地上的一个大沙漏旁边。小约翰觉得他们来到了一座花园里，他能听到四周树叶发出的沙沙声。

“小约翰，你好好留神，看我和清风娃娃谁更有能耐。”

毛怪儿随即用短促的阴沉的声音呼叫了清风娃娃的名字，这让小约翰不禁打了个冷战。四下回响着这个名字，旋转的风呼啸着把名字荡开扬起，直至高空消散。

这时，小约翰感到自己又变小了，青草变得很高，盖过了自己头顶，刚才还在他脚边的小石子，现在把他的视线都挡住了。毛怪儿就在他旁边，没比小约翰高多少。毛怪儿用双手抓住一块“大石头”，然后开始用力扔到一边。随即一阵细碎的声音从他抓石头的地方传来：

“喂，是谁在做坏事？这到底是要干什么？疯子！”一个声音这样说。

这时，小约翰看见眼前有很多黑色的虫子来来回回爬动，有深色甲壳虫、长着小钳子的会发光的棕色蜈蚣、圆圆的土鳖和像蛇一样的千足虫，最中间还有一条长长的蚯蚓很快缩进他的地道里去了。

毛怪儿穿过这群愤怒的虫子，他向蚯蚓大声吼道：“好好听着，你这个长怪物，快出来给我们看看你红红的丑鼻子！”

“你想怎样？”蚯蚓从土里回答他。

“你必须出来，因为我想进去。你这条吃沙大傻虫，听到我的命令了吗？”

这时，蚯蚓小心翼翼地把它的尖脑袋探出洞口，转来转去，侦察四周的情况，随后湿漉漉的环状的身体才慢慢地爬出来。

毛怪儿环顾了一下身边因好奇围拢过来的虫子。

“我选你们其中一个，给我们指路和讲解。不要你，黑色甲壳虫，你太胖。千足虫，你的脚动来动去简直让我头晕。对，蜈蚣，你被选中了，跟我们一起去吧，你的脸真讨人喜欢，就由你在前面带路，你可以用钳子给我们举灯。路甲虫，你赶快去给我们弄一盏灯，或者拿块木头给我们当火炬。”

虫子们听见毛怪儿命令的声音都开始对他服服帖帖，遵照他的意思去办。

他们一行人走进蚯蚓的地道，蜈蚣在前面举着发光的火炬，毛怪儿紧跟在他后面，最后是小约翰。

地道很狭窄很黑暗，小约翰在朦胧的光线中，看见路上的沙粒反射出幽幽的蓝色，它们看上就像半透明大石头，被蚯蚓在地道里来来回回爬动的身体磨成光滑而坚固的墙壁。蚯蚓也好奇地跟在他们后面，想看个究竟。他先把尖脑袋伸到前面，然后再把长长的身体拖进来。

他们一行人一言不发地继续往前走，来到地道更深处。走到陡峭的地方，毛怪儿会帮小约翰爬下去。这条地道似乎没有尽头，总是有新的沙粒筑成的墙壁出现，蜈蚣也沿着曲曲折折的通道不停地往前走。终于，路开始变宽了，两边的墙壁不再夹得那么紧，沙粒变成了潮湿的黑色泥土，在他们的头顶上形成天穹状，闪亮的水滴沿着弧形的泥土壁流下来，树根在这个空间里舒展开来，像一条条蛇盘卷着身体。

突然，小约翰眼前出现了一座陡峭的墙壁，墙壁很高，颜色很深，堵住了他们的去路。蜈蚣回过头对他们说："到了，现在的问题是怎么过去。蚯蚓应该知道，毕竟这是他的家。"

毛怪儿说："蚯蚓，你到前面来给我们指路！"

蚯蚓拖着环状的身体，慢慢爬到黑墙前，仔细打量它，琢磨怎么能穿过去。小约翰看出这是一面木墙，散落了一些棕色的土。蚯蚓探了探，选了一处往前钻，前前后后休息了三次，才完全钻到墙那边去。

“现在轮到你钻！”毛怪儿一边说，一边把小约翰推进那个圆形的洞口。小约翰觉得自己快被潮湿的烂木头闷死了，但很快头就探进去了，随后竭尽全力，终于爬到了墙的另一边。

在他面前的是一个大房子，地板坚硬而潮湿，空气浓重得令人窒息。小约翰几乎不敢呼吸，他心中充满了一股莫名的恐惧。

这时，他听见毛怪儿的声音，就像来自地窖一样有回音。

“快到这边儿来，小约翰，跟我来！”

小约翰感到脚下的地板变成了一座山，在彻底的黑暗中拉着毛怪儿的手往上爬。他感到自己仿佛是在一块一直绊他脚的地毯上爬，深一脚浅一脚，跟着紧紧拉着他的手的毛怪儿。他们来到一块平地上，顺手抓住一棵长长的像芦苇一般柔软的草。

“来到这里我们就安全了！我看见光了！”毛怪儿说。

不远处一束黯淡的光穿透黑暗，上上下下地移动着向他们靠近，微弱的光线渐渐地把整个空间都照亮了，而小约翰心中的痛苦也越来越剧烈。

这时，小约翰才看清，他们爬的山是一处白色的长长的山。他刚才手里紧紧抓住的芦苇是深棕色的，闪着亮光，还带有波浪形。

小约翰终于认出这是人的尸体，而他此刻站的平坦而空旷的地方，正是这个死人的额头。在他面前的两个深深的漆黑的坑，分明是人陷下去的眼眶，泛蓝的光线照在死人瘦长的鼻子和惨白的嘴唇上，保留着死亡时狰狞而僵硬的笑容。

毛怪儿不禁发出一声奸笑，可他的声音立刻就被棺材潮湿的四壁吸收了。

“小约翰，这是我给你的一个惊喜！”

蚯蚓顺着死人的衣服褶子往上爬，小心翼翼地爬到下颌，然后从僵硬的嘴唇旁边滑进黑洞般的嘴里。

“这就是你在舞会上看到的那位最美丽的姑娘，那个你觉得比精灵还美的美人。舞会上，她的衣服和头发散发着甜蜜的芬芳，眼睛熠熠生辉，笑容甜美。你再看看如今的她，已经变成了什么模样！”

小约翰的眼睛里充满了沮丧，他觉得眼前的一切不可置信。难道发生得这么快？她的美丽只是短暂的瞬间，如今她却已经入土三尺？

“你不相信我讲的？”毛怪儿阴冷地笑着，“那个舞会，离现在已经有半个世纪了。我早就跟你说过，在时间的长河里，过去存在的将永远存在，将来发生的一切已经发生过。你想不明白是自然的，但是你不得不信。在这里看到的一切都是真实的，我给你看的都是真实的，一点儿都不掺假！清风娃娃可没有我这么诚实。”

毛怪儿一边偷偷笑着一边在死人的脸上跳来跳去，他在开最可怕的玩笑。他坐在死人的眉毛上，用手拉着长长的睫毛把闭着的眼睛打开。那双小约翰曾经见过的熠熠发光、洋溢着幸福的眼睛，现在已经毫无光泽，在半明半暗中只能看到有皱纹的灰白色。

“现在继续往前！”毛怪儿说，“还有好多要看的！”

蚯蚓从死人右边的嘴角爬出来，拖着长身体，战战兢兢地继续往前爬着给他们带路。他们沿着一条让人感到郁闷的漫漫长路往前走，谁也没回头张望。

“这个死者更老些，”蚯蚓爬到另一面墙壁前停下来说，“他已经在这好久了。”

现在的路途似乎没有开始时那么凶险了，小约翰只看见一堆不明不白的东西，露出棕色的骨头，很多蚯蚓在上面默不作声地蠕动着。小约翰一行人的到来，把他们吓了一跳。

“你们从哪儿来的？是谁把灯带到这里来的？我们的生活不需要光。”有个声音对他们说完，那一群蠕动的蚯蚓立刻就钻进死人衣服的褶子里躲了起来。突然，他们发现了一个同类。

“你是从隔壁过来的吗？”蚯蚓们齐声问，“那边的木头好硬。”

带路的蚯蚓矢口否认。

“那蚯蚓想独吞。”毛怪儿悄悄对小约翰说。

他们继续往前走。毛怪儿一边走路，一边向小约翰介绍他们见到的每个人。

小约翰看到一张变形的脸，一双眼睛直直地瞪着，嘴唇和脸颊已经变成黑色，黯淡无光。

“他曾经是一位优雅的绅士，”毛怪儿兴高采烈地告诉他，“你知道吗？他从前很有钱，很有地位，很傲慢，现在也不过就是一个鼓鼓胀胀的大气囊罢了。”

毛怪儿就这样滔滔不绝地唠叨着。

继续往前。小约翰一行人有时会遇到骨瘦如柴、白发苍苍的尸体，发着淡淡的暗色蓝光；有时会遇到头很大的小孩的尸体，他们的小脸蛋就像哲学家的额头一样爬满皱纹。

“你看，他们是死了以后才变老的！”毛怪儿说。

他们来到一位满脸胡须的老人的尸体旁，亡者的嘴角露出似笑非笑的样子，白色的牙骨闪着寒光，额头正中央有一个圆圆的黑洞。

“他帮了死神的忙，为什么那么没有耐心？本可以善终。”毛怪儿一副评头论足的架势。

他们来到一条新的通道，眼前出现一具具面带微笑的僵硬尸骨，死人的双手一动不动地交叉着平放在身体上面。

“我不想往前走了，”蜈蚣突然说，“因为我不认识这里的路。”

“那我们回头吧。”蚯蚓也建议道。

“再去看一个吧，我还想看最后一个！”毛怪儿吵闹着。

于是他们继续往前走。

“你眼前所看到的一切都是真的，”毛怪儿边走边唠叨，“这里所有的一切都是真的，除了一件事，就是你，小约翰。你并不在这里，也不可能在这里。”

毛怪儿看到小约翰惊恐无助的神情，忍不住笑出声来。

“这是我们今天最后的节目，我保证！”毛怪儿说。

“这条通道是死路，怎么走得通。”蜈蚣抱怨道。

“我们必须往前走！”毛怪儿坚决地说，并在通道尽头的地方开始用自己的双手挖土，“小约翰，你快来帮帮我呀！”

小约翰无力抵抗，顺从地帮毛怪儿刨开潮湿细碎的土壤。他们一言不发地不停往下挖，直到看到黑色的木头。

蚯蚓立即缩回了头，匆忙退后了几步。蜈蚣吓得把火炬干脆扔在地上，躲到了他们的身后。

“我们不能进去的，木头是新的。”蜈蚣一边逃跑一边对他们说。

“让我来。”毛怪儿说着用手指在新木头上稀里哗啦地挖出一堆长短不一的白木条。

小约翰感到异常压抑，但是他必须跟毛怪儿站在一起，他别无选择。

最后，黑色木头被挖开了，毛怪儿捡起地上的火炬，匆匆忙忙地爬进去。

“快跟我到这边来！”他大声叫道，走到尸体的头的方向。

小约翰走到死人的两只手交叉在胸前的位置时，停下来歇息一下。他端详着死人瘦长的苍白的手指，手的上方被火炬照亮了一部分。猛然间，他认出了这双手，这双手他见过，指缝和现在已经变成深蓝色的指甲都是他熟悉的。他还认出了食指上一颗棕色的小痣——这原来是自己的手！

“你快过来！来这边看！”毛怪儿从尸头的方向对他大声嚷嚷道，“你快来看看这到底是谁！”

小约翰正要站起来走向在黑暗中闪动的火炬时，发现自己一点也动弹不了。火炬这时燃尽了，四周陷入一片漆黑，他这时便失去了知觉。

第 12 章

小约翰陷入深深的睡眠中，深到连梦都去不到的地方。

光线暗淡的清晨，带有一丝寒意，他从黑暗的深渊里慢慢地回到现实中。他一幕幕重温了那些五光十色的温柔的梦境。

他醒了，那些美妙梦境就像花瓣上的露珠一样从他的灵魂上一粒粒地散发得一干二净，但是他的眼神中依然充满平和与向往，他希望能用凝视来挽留那些错综复杂的甜美的梦境。在苍白的曙光中，他很不情愿又有些羞耻地渐渐远离美好的时光。虽然他现在所看到的一切和昨天早晨看到的一切是同样的，但今天眼前的这一切，又似乎是来自某个很久远的地方。

昨天的一切不断地浮现在他的脑海里。他仔细回忆着从悲伤的早上到可怕的夜晚的每个细节，简直不敢相信那么多令自己恐惧的事居然是在一天中发生的。他仔细找寻着悲伤的根源，一切都显得那么遥远，一切都已经失落在苍白无力的迷雾中，对于美好的梦境的回忆，就这样消散得毫无踪影。

毛怪儿在他的床边摇醒他。沮丧的一天又重新开始了，漫长而无止境，而他预感到，这只是开端。

无论小约翰怎样努力忘记，昨天晚上那些坟堆里的历险仍然历历在目。难道只是一场噩梦？

他小心翼翼地向毛怪儿询问昨天发生的一切，毛怪儿只是用嘲讽和惊讶的表情上下打量着他。

“你到底想知道什么，小约翰？”毛怪儿问。

小约翰没有注意到对方的讥讽的神情，再次问他昨天的一切是不是真的发生过，因为一切都太真实！

“小约翰，你真的好傻啊！这样的事情是不可能发生的！”

小约翰现在不知道自己应不应该相信他。

“我们必须让你马上工作，这样的话你就不会再问这些傻问题了。”毛怪儿劝解道。

于是他们决定去找赛菲尔医生，他能帮助小约翰找寻想要的东西。

在拥挤的大街上，毛怪儿突然停下步伐，用手指着人群中的一个人：“你还记得他吗？”毛怪儿问。小约翰脸色立刻变得很苍白，恐惧地一直盯着这个人的后背。毛怪儿这时笑出声来，小约翰记得昨夜曾经见过这个人，他被埋在深深的土下面。

赛菲尔医生很客气地接待了他们，给小约翰讲了很多东西。小约翰这一天听医生讲了很多个钟头，接下去的很多天，每天都听医生给他上课。

赛菲尔医生告诉小约翰，他寻找的东西自己还没有找到，但是很快就会找到了。自己一定会竭尽全力帮助他，他们两个人同心协力就一定会成功。

小约翰认真聆听着医生的话，努力而耐心地向他学习，好几个月就这样过去了。虽然觉得希望渺茫，却仍要继续学习，他必须勇往直前。有时他觉得奇怪，学习就像寻找光明，但为什么在寻找光明的同时，周围却变得越来越黑暗，黑暗的日子也越来越漫长——学习任何东西，刚开始总是最有趣的，可是学得越深入，就会感到越枯燥，失去原有的生机。

小约翰开始和赛菲尔医生一起研究动物和植物，但是他发现，随着研究的进行，似乎一切都变成了一串串数字，所有解决问题的方法也不例外，都化解为一个个抽象的数字，一页一页抽象的数据。赛菲尔医生觉得这是他们得到的最棒的成果，他告诉小约翰，只要数字一出现，一切就明晰了，但是对小约翰来说，这些数字等同于黑暗。

毛怪儿一直没有离开他，当小约翰失去信心或者感到疲惫不堪的时候，他就会鼓励和鞭策他，但是只要小约翰感到一丝学习的快意，脸上透露出一丝惊喜，毛怪儿又会想方设法制止他。

当小约翰学会了观察花朵的精巧结构，看到从花儿变成水果的过程，以及昆虫们在一无所知的情况下帮助花朵儿们结出果实时，他感到无限的惊讶与喜悦。

“实在太精彩啦！”他说，“这一切都被计算得如此精确，一切都是严密计划的结果。”

“你说得很对，世上一切都是有目的、有计划的，”毛怪儿回答，“只是很可惜，这些精细的计划中的大部分都被浪费了。你想一下，有多少花儿能结果，又有多少种子能长成大树？”

“但是这也是整个巧妙计划的一部分呀，”小约翰回答，“你看，蜜蜂是为了自己采蜜，他们不知道与此同时自己也帮助了花朵们授粉。花朵们用鲜艳的颜色吸引蜜蜂，这些都是巧妙计划的一部分，他们互相帮助，却对此一无所知。”

“这只是听上去很好，但实际中会出现很多问题。例如蜜蜂如果愿意，随时都可以咬花儿一口，这样他就破坏了花儿的精密结构。仅仅因为一只蜜蜂，一个宏伟的计划就终将竹篮打水一场空。”毛怪儿反驳道。

当小约翰学习人与动物时，事情就更糟了。每当他发现完美的东西，感到设计巧妙的时候，毛怪儿就会指出其中的缺点和不足。他说：“人类与动物很容易遭遇灾难与疾病的折磨，很容易受惊吓，很容易厌烦。”

“小约翰，制定这个宏伟计划的人很聪明，可是他在计划的同时，也忘了很多东西。人类之所以每天忙于劳作与生存，就是为了弥补这些东西。你好好看看你的周围，所有这一切，都是人类为了弥补所做的努力，例如雨伞、眼镜，甚至房子和衣服，所有这些都是人类为自己制造的，它们都不属于那个宏伟计划的一部分。制定宏伟计划的那个人根本没有想到人类会感到寒冷，人类会想看书，会想做各种各样不同的事情，也不会想到人们会做千百样的事情来弥补他计划的不足。这就好比他给孩子衣服穿，但是又没想到孩子会长大，衣服会变小。现在，人们都自己做自己的事情，各行其是，根本不会顾及宏伟计划和它的制定者。他当初没有给人类的，人类会厚着脸皮为自己创造，他原来以为可以控制人类生老病死的自然规律，但如今人类可以通过各种手段逃避死亡，甚至能逃避很长时间。”

“这是人类的错，”小约翰叫道，“人类为什么要违反自然规律呢？”

“小约翰，你好蠢噢！如果保姆让小孩玩火，小孩烧伤了自己，这是谁的错呢？是指责不知道火会烧起来的小孩，还是指责知道火会烧起来的保姆？当人类违反自然，遭到灾难，这是谁的过错，是人，还是那位无所不知的宏伟计划的制定者？其实人类在他面前就像是个无知的小孩。”

“人类不是无知的，他们知道……”

“小约翰，如果你对一个小孩说‘不要碰那盆火，你会受伤的’，但是这个小孩不听你的话，因为他不知道受伤是什么。你可以不承认自己的错误，甚至争辩：‘你看，这个孩子并不是无知。’你事先就知道小孩会违抗你的忠告，人类就跟小孩一样顽皮和愚蠢。玻璃是易碎的，泥巴是柔软的，这是一般的常识。如果宏伟计划的制定者创造人类的时候不考虑到他们的短处，就好比是用玻璃制造武器而不承认武器会碎，用泥巴来制造箭头而不承认箭头会弯曲。”毛怪儿说出的字字句句就像滚烫的液体一样，一滴又一滴滴落在小约翰年轻的心灵上，他感到内心无比煎熬。这种新的痛苦，把他从前夜不能寐、心碎不已的悲伤驱赶殆尽。

睡觉吧，别再胡思乱想！总有一天你会累得倒头就睡，那时你就不会再杞人忧天，梦境会把你带回童年。睡觉时什么也不用想，也就没什么痛苦。在梦里回到过去，梦真美，可日子一天天过去，你就会发现已经很难记起从前发生过什么。你只知道从前的悲伤与向往都比现在的美好，现在感觉到的只是空虚。你曾经深深向往着回到清风娃娃身边，也曾经毫不厌倦地等待着罗彬娜会来找你……从前的时光是多么美妙！

罗彬娜！小约翰还在想念她吗？他学到的知识越多，渴望就越淡。这似乎很分裂。毛怪儿为他解释爱情是什么，这让小约翰感到很难为情，赛菲尔医生说他还没有为爱情找到相应的数字，但是他很快就会成功地找到，就这样，小约翰感到周围变得越来越黯淡，很多事情变得越来越没有希望。

他隐约地感激上苍允许他那一夜在坟堆上爬上爬下，恐怖中他没有见到罗彬娜的尸体，真是幸运至极。

当他追问毛怪儿时，毛怪儿什么也没说，只是一个劲儿地笑。小约翰知道毛怪儿就是不想告诉他。

在小约翰学习和工作之余，毛怪儿会带他去观察人们的生活。毛怪儿带他去所有的地方，包括躺满了一排排病人的医院。在宽敞的病房里，病人们脸色惨白，消瘦，一个个带着毫无生机的痛苦的表情。这里充满死一般的寂静，时不时会传来一阵咳嗽声或者哀叹声。毛怪儿会指给他看，谁谁谁再也不会活着走出去了。每到探望病人的时间，亲戚们一窝蜂似的涌进病房，毛怪儿就会说：“你看，这些人都知道，自己总有一天也会到这来，茫然地躺在同样的病床上，直到被装进棺材里抬走。”

“这些人怎么能这样心情轻松呢？”小约翰默默地想。

毛怪儿把他带到医院顶楼的一间小病房，这里半明半暗的光线让来访者染上了一丝愁绪，隔壁传来动人的琴声，如梦幻一般。病床上躺着一名病人，呆呆地盯着从窗口透进病房的阳光，随着时间的流动，在墙上慢慢移动。

“这个人已经在这里躺了整整七年了，”毛怪儿告诉小约翰，“他从前是名水手，见过印度高大的棕榈树，去过日本蔚蓝的大海，穿过巴西墨绿的森林……七年来，他日日夜夜躺在床上，连眼睛都不眨一下，看着同一束阳光，听着同一首乐曲。他永远不能走出这间病房，但是不知道自己还要等多久。”

那天晚上小约翰做了一个极可怕的噩梦。他梦见自己躺在那间小病房里，在半明半暗的灯光中，听着梦魇般的钢琴曲，只能年复一年日复一日地看着光斑在墙上往往复复地移动，直到生命最后一刻。

毛怪儿也带小约翰去大教堂，听神父的说教；然后他会带他去参加晚会，并在那认识了很多人。

小约翰认识了这些人以后，有时会触景生情记起自己从前的生活。他想起清风娃娃给他讲的那些故事，记起自己曾有的那些失望。他想起那只萤火蚯蚓，把星星看成自己逝去的朋友；他想起那只比同伴早一天爬出来，一直说着使命的金龟子；他想起花园十字蛛的伟大英雄——痒痒足的故事；还有鲇鱼王，什么都没做，只因为长得胖就被奉为国王。他把自己与那只年轻的金龟子做比较，金龟子不知道使命是什么，只是向着光明飞去。此时此刻，小约翰觉得自己仿佛就是那只无助地四处爬行的金龟子。金龟子身上受了伤，被一根绳索紧紧地套住不能逃走，而自己也是这样，被毛怪儿的绳索拖拽着往前爬。

他再也看不到那个美丽的花园了，也许不知什么时候他会和金龟子一样，被一只大脚踩死。

小约翰有时提起清风娃娃，毛怪儿会对他冷嘲热讽。慢慢地，他也开始相信，清风娃娃是不是从来没有存在过。

“可是，毛怪儿，如果清风娃娃不存在，金钥匙也就不存在——没有什么是真实存在的！”

“完全正确！世界上只有人类和数字，只有这才是真正存在的，永无止境的数字就是真理！”

“毛怪儿，这么说来你对我撒谎了！让我走吧，别再让我找了，让我一个人走吧。”

“你难道不记得死神对你说的话了吗？他说你要成为人类，一个完完整整的人。”

“我不愿意，成为人类实在太可恨了。”

“你别无选择，你曾经要求成为人类。看赛菲尔医生，难道你觉得他可恨吗？成为他那样的人就好，小约翰。”

是的，赛菲尔医生总是给人留下很满足、很乐天的印象，他无所顾忌、不畏疲劳地按照自己的方式生活。他有自己的追求，看书、学习、研究，他总是显得很满足、很平和。

“你看他，”毛怪儿说，“赛菲尔医生似乎看见了所有事情，可又似乎什么也没看见。他观察人类的时候，好像自己并不是其中的一分子，似乎跟人类的不幸无关一样。他研究人类的灾难和病痛，而且不为之所动，他与死亡打交道时就像对待一位不朽的圣人。他唯一的渴望就是去理解自己目睹的一切。在他眼里，一切都是好的，最后都可以化成知识。获得知识就是他人生的成就，他对此感到满意。小约翰，你也要变得跟他一样。”

“我永远不可能变成他那样。”

“那样的话，我也帮不了你了。”

对话就这样沮丧地结束了，之后小约翰变得更无精打采。他漫不经心地寻找着某样东西，甚至不在乎要找什么和为什么找。渐渐地，他变得和威斯狄克故事中所讲的那些人一样麻木。

冬天悄悄到了，小约翰几乎没有注意到季节的变化。

在一个凄冷有雾的早晨，小约翰起床后发现街上四处都是融化的肮脏的雪水，雪水从树上和屋顶上滴滴答答流个不停，他和毛怪儿又开始了一天的日常生活。

在广场上，他们遇见几位年轻女孩。女孩们排成一队，手里拿着学校的教科书。她们一边扔雪球，一边嬉笑着打闹着，她们的嬉闹声在积雪的广场上清脆地回荡着。此时没有行人的脚步声和车轮的滚动声，只听到马车发出的铃铛声与商店开关门的声音，欢快的笑声在这片寂静中显得异常清澈。

小约翰注意到其中一位女孩看了他一眼，然后一直盯着他看。女孩儿脖子上围着毛皮围巾，头上戴着黑帽子。他感觉自己好像曾经在哪里见过她，但又实在记不起来她是谁。女孩儿朝他点点头，隔了一小会儿又再次向他点点头。

“那是谁？我认识她？”他茫然地对毛怪儿说。

“完全有可能，”毛怪儿回答，“她名叫玛利亚，有些人也叫她罗彬娜。”

“不会的。这个女孩儿长得不像清风娃娃，她就是位普普通通的女孩罢了。”

“哈哈哈！她可以长得谁都不像，但她就是她，”毛怪儿笑着回答，“你一直很想念她，我现在就带你去认识她吧。”

“不行，我不想看见她。我宁愿她已经死了，就像坟堆里的那些死人一样。”

小约翰转过身，头也不回地匆匆离开了广场，一边走一边念叨着：“这是最后一个！以后不再有了，不再有了。”

第 13 章

一个初春的早晨，阳光很清澈，太阳温暖地普照着这座大城市。阳光照进小约翰的房间，低低的天花板上一块光斑在跳动着、飞舞着，它是运河潺潺流水的光影。

小约翰靠坐在窗前，在阳光中凝视着眼前这座城市。城市的风景已经发生了翻天覆地的变化，天空笼罩的灰雾变成了幻彩的蓝雾，映衬着街道末端消失的地方和远处的一座高塔。石板屋屋顶反射出银黑色的光芒。所有的房子在阳光下显现出清晰的棱角和形状。这是淡蓝色天空下温暖的渲染，水也变得生机勃勃，榆树枝头棕色的新芽发出饱满的光泽，含苞欲放，大声说话的人们在树间穿行着。

小约翰凝视着外面的一切，感到很孤独，阳光给他带来一种甜蜜的麻醉，遗忘与短暂的满足充满他的心田。他一边用做梦一般的眼神观察水面上的涟漪和榆树上饱满的新芽，一边聆听着麻雀叽叽喳喳的叫声。小鸟们欢快地嬉闹着。他已经很久没有感受到如此温馨，也很久没有觉得像此刻这般幸福满足。

小约翰知道，这是他所熟悉的阳光。许久之前，这种阳光会吸引他到屋外玩；他会到花园里，在老墙根下的影子里找一个可以躺下的暖和地方，在那儿躺很久，享受明媚的阳光照在脸上，透进心里。那时候，他一边躺着一边观察眼前的野草，呆呆地看着，感动到流泪。

今天的阳光让小约翰感到满足，感觉像家一样安全，这与他记忆中很久很久以前在妈妈怀抱里的感觉很相似。他不由记起这段时间自己经历的一切，但此刻他没有眼泪，也没有渴望，而只是静静地坐在那儿发呆，祈求太阳不要离开这个世界。

“你在这闲待着干什么呢，小约翰？”毛怪儿叫道，“你知道我不喜欢你做梦。”

小约翰抬起他沉思中的眼睛，乞求地望着毛怪儿。“让我坐一会儿，今天阳光真是好。”他说。

“阳光有什么好的？”毛怪儿追问他，“阳光跟一支大蜡烛没什么两样，你在烛光旁坐一会儿或者在阳光里坐一会儿是一样的。你看那儿！街上的阴影和光影，不就跟蜡烛在默默地燃烧时火焰抖动的情景一样吗？我们看见的光影，其实就是很小的一团火焰，照亮一小块土地。你再看那边，在蓝色的天空以外，在我们的头上和脚下，是无止境的黑暗与寒冷，那里现在是黑夜，不仅是现在，而且是永恒的黑夜。”

可是毛怪儿说的那一切，并不能影响小约翰此时的好心情。宁静而温暖的阳光浸透了他的身心，沐浴着他的灵魂，他感到此时内心充满光明。

随后，毛怪儿带小约翰来到赛菲尔医生那所阴冷的房子。起初，他心里还存着阳光带给他的轻快的感觉，但是这种感觉逐渐在消失，到了中午的时候，一切又被黑暗占据了。

夜幕降临，小约翰再次穿过城市的大街小巷，空气里此时充满了春天的蒸腾的香气，香气似乎比先前浓重得多，把他逼迫到狭窄的街道。

穿过开阔的广场，小约翰突然闻到小草和树木新芽的清新气息。西边的天空透着温和的红色，城市上空一朵朵安详的小云朵里隐藏着春天的喜悦。

黄昏中，一层色彩素雅的轻纱般的雾升起，包裹着整个城市。街道渐渐安静下来，只有远处的游街风琴在演奏着一首感伤的曲子。房屋在燃烧的晚霞中衬出自己漆黑的影子，就像千手巨人一样，把尖塔和形状奇怪的烟囱变成的胳膊指向天空。

晚霞向这座大城市献出自己最后一丝温暖的微笑，小约翰感到很欣喜，因为这丝微笑原谅了他的所有愚蠢。这种温暖，抚摸着他的脸颊。

突然，小约翰心中涌起一股惆怅之情，如此强烈，压得他几乎不能前行，以至于不得不把头扬起来，一边仰视着宽广的天空，一边深深地喘息。春天在呼喊他，他听到了呼喊的声音，他想回答，他渴望春天。他的身心充满悔悟、爱恋与宽恕。

他用渴求的眼神凝视着高空，汹涌的泪水从他悲伤的眼中流出。

“小约翰，拜托！你可别这样，路人都在看着！”毛怪儿说。

一排排单调的楼房在街道两边不断地延伸着，沉闷而压抑，似乎在和这怡人的气氛作对，在春天的呼唤中显得极不协调。

人们坐在门前的人行道上，享受这个春意盎然的季节。可小约翰忽然发现了其中的讽刺意味，所有的门是敞开着的，等待人们回到压抑而混浊的日常生活。远处的游街风琴继续演奏着忧伤的乐曲。

“马上离开这儿该有多好，离开这儿，去到很远的地方，去沙丘，去海边！”小约翰默默地想。

但是他知道，自己还是要回到顶楼的那个小房间。那一夜他彻夜未眠。他忍不住想起父亲，他们曾经一起步行到很远的地方，他远远地跟在父亲身后，还有父亲为他在沙地上写字。他回忆起那片紫罗兰盛开在灌木丛。当时，他和父亲在一起的那些日子……父亲的面孔一整夜都出现在他的脑海中，那样真切，就像以前每天晚上他安静地坐在灯旁看着父亲，听着钢笔沙沙的声响……

从那以后，小约翰每天早上都问毛怪儿，什么时候他可以回家看望父亲，看花园和沙丘？他现在才明白，比起小狗布莱斯和他的小卧室，他更喜欢父亲，父亲是他唯一惦记的人。

“告诉我，他是否一切安好。我离家这么久，他还生我的气吗？”小约翰恳求道。

毛怪儿耸耸肩回答：“即使你知道了又能怎样？”

可是春天仍然在呼唤着小约翰，而且声音越来越急切。每天夜里，他都会梦见沙丘上深绿色的青苔和嫩绿的小草间跳跃的阳光。

这一夜，他不能安然入睡，悄悄起床，来到窗前，凝视着外面漆黑的夜色。昏昏欲睡的羽毛般的云朵从月亮前缓缓飘过，一切都沉浸在宁静的幽光中，小约翰想着远处的沙丘在充满芬芳的夜晚入睡，低矮的灌木丛沐浴在青苔的潮湿的气息中，树叶静而无声。他似乎能听到远处传来的青蛙的交响乐，宛如穿过原野飘来的神秘乐曲。一只鸟的叫声打破了夜晚庄严的寂静，开始时是小声地清唱，然后歌声戛然而止，使深夜的寂静显得更加寂静。春天用这样的方式不断地呼唤着他。他在窗前情不自禁地低下了头，把脸埋在手里轻声哭泣。

"我不愿意这样！我忍受不下去了。如果不让我回家，我很快会死的。"他这样想。

毛怪儿第二天早上来找他时，小约翰仍然坐在窗前，他睡着了，把自己的脸深深埋在手臂里。

日子过得很快，白天变得漫长，天气也开始渐渐暖和起来，日常生活的节奏并没有什么改变。小约翰没有死，他还在忍受折磨。

有天早上，赛菲尔医生对他说："我今天要去探访一位病人，带你一起去。”

赛菲尔医生是位有名的专家，很多人请他去家里看病，拯救重病人，小约翰已经跟他出诊过很多次。

毛怪儿今早精神特别好，不停地倒立起来跳舞，翻跟头，各种搞鬼。他脸上带着神秘的似笑非笑的表情，不断在人前走来走去，似乎是在为大家准备好一份惊喜。小约翰对此感到坐立不安。

赛菲尔医生的表情跟平时如出一辙，一样严肃。

这天早上，他们要去很远的一个地方，先坐火车，然后步行，这个地方比平时出诊的地方远。小约翰从前并没有跟医生一起去过城外。

这是一个风和日丽、万里无云的日子，小约翰从火车的车窗看出去，宽广碧绿的田野上长着很高的草，吃草的牛群不断从窗口往后退，开满野花的土地上，白色的蝴蝶纷飞，热风吹拂着。

突然，他看到远处一闪一闪的光，随后眼前出现起伏着的广阔的沙丘。

“你看到了吧，小约翰！今天你终于如愿以偿，我一点没骗你！”毛怪儿干笑了两声。

小约翰半信半疑地凝视着车窗外的沙丘，风景离他越来越近，铁路两边的水渠似乎无休止地延伸着，不久后他们路过了路边的几座房子。

他看见很多树木，枝叶茂盛的板栗树上开满了一大簇一大簇的白花，此外还有深青色的松树和神采奕奕的高大的椴树。

毛怪儿没撒谎，他们今天的确是去沙丘。火车停了，三人下车，慢慢走到浓密的树荫下。

这里遍布深绿色的青苔，阳光透过树叶稀稀落落地洒在地上。小约翰深深吸了一口气，闻着椴树嫩芽和松树松针的气息。

“这一切是真的吗？我不是又在做梦把？”小约翰想，“幸福真的降临了？”

他的双眼熠熠生辉，心脏在胸膛里剧烈地跳动，他开始相信自己终于时来运转了。他认识这里的每一棵树、每一寸土地，他在这条林中小道上走过无数次。

路上除了他们没有其他人，但是小约翰一直转身回头看，似乎看到橡树的枝叶间有影子晃动。当他们走到小路最后一个转弯处时，毛怪儿狡猾而神秘地看着他。赛菲尔医生大步走着，眼睛紧紧盯着地上。

这条小径变得越来越熟悉，他认识这里的每一块石头、每一丛灌木。突然，小约翰醒悟过来——他正站在自己家的门前。

门前的板栗树枝叶繁茂，一串串美丽的白花开满枝头，一直浓密地开到树顶上。他听见很熟悉的开门的声音，家里的气息迎面扑来，此时他认出了屋里的走廊、门，所有一切。此时，他的心里充满对逝去的一切的伤感，这一切都曾经属于他，属于他孤独而忧郁的童年。他曾经与屋里的每样东西讲过话，也同他们分享过自己的心事，那些不可告人的秘密，但是眼下，他感到自己同这座老屋，以及自己儿时的房间、走廊已经分离了，而且分离得相当彻底，就好像他现在参观的是一座墓园，这使他感到无限感伤与悲凉。如果小狗布莱斯这时向他扑来，热情地迎接他，那么他心里还会好过些，但是布莱斯……一定是出门了或者已经死了。

可是父亲呢？

他从开着的后门往外看，看见有一个男人向屋里走来，就是一路尾随他们的那个人影。男人向他们走来，走得越近，身形变得越高大，当他来到门前时，整个身躯散发的凉气把门框都堵住了，这时小约翰才认出了他：死神。

屋子里一片寂静，上楼时谁也没有作声。走在楼梯上，木梯发出嘎吱嘎吱的声响。以前就这样，小约翰知道。刚踏出三步，小约翰似乎听见痛苦的呻吟，再踏出去一步，似乎听见有人在楼上闷闷地哭泣。

小约翰从前那间小卧室的门敞开着，他小心翼翼地往里扫视了一周，壁纸上的奇特花纹惊讶地看着他，墙上的挂钟已经停摆了。

他们走进有人发出呻吟的房间，这是父亲的卧室。温暖的太阳照在床前闭合的绿色的帘子上。小猫西蒙坐在窗台上晒太阳，房间里弥漫着浓重的酒味和樟脑味。呻吟声现在清晰了，小约翰听见人们悄悄的耳语和小心翼翼的脚步声。这时，绿色的帘子突然被拉开。

他看见父亲的脸，这张脸最近一直浮现在他眼前，但他曾经熟悉的那张脸已经完全变了，原本友善和严肃的表情完全消失了，取而代之的是呆滞而压抑的眼神。父亲惨白的脸色中夹杂着泛黄色的病态，他的嘴半张半合，露出两排牙齿，半闭着的眼睛里只看得见眼白。他的头深深埋在枕头里，呻吟时才会把头抬起来，然后又重重地落下去。

小约翰站在床边，一动都不敢动，他的眼睛睁得大大的，目不转睛地看着这张熟悉的面孔。他不知道自己在想什么，也不敢发出任何声响，更不敢拉起父亲放在白色亚麻布床单上的那只苍白而年老的手。

他们周围的一切都失去了原来的光芒，太阳、明亮的房间、窗外绿色的植物、清新空气，所有的一切都沐浴在黑暗中，压抑得让人透不过气来。小约翰不禁回忆起昨夜梦中父亲的面孔，而此刻面前这张被痛苦折磨得扭曲的脸，使他刻骨铭心。这时，父亲的身体似乎出现了什么新的情况，呻吟暂时停止，父亲慢慢睁开眼睛，环顾四周，他的嘴唇动了一下，仿佛想说点什么。

“您好，父亲！”小约翰战栗着轻声说，他的眼睛不安地凝视着父亲的眼睛。父亲的目光微弱地看着小约翰，消瘦的脸颊上浮现出一丝几乎别人注意不到的微笑。

父亲抬起放在白色床单上那只瘦瘦的握紧成拳的手，衰弱地伸向小约翰，随后又无力地垂了下来。

“哎呀，这下出大事了！”毛怪儿说。

赛菲尔医生叫道：“小约翰，让开！我看看能做点什么抢救。”

医生开始检查床上的病人。小约翰这时来到窗前，看向窗外碧绿的草地和枝繁叶茂的板栗树，阳光下蓝光的大苍蝇嗡嗡地四处乱飞乱撞，他耳边再次传来病入膏肓的父亲的呻吟。

一只黑鸟在花园里的草间跳跃，红色与黑色的蝴蝶在花丛间穿梭着，树的顶端，一只鸽子不停地轻声呼唤着小约翰。

身后父亲继续呻吟着，片刻不停，像屋檐下落的水滴那样有规律，坚持不懈，让人几近疯狂。每当呻吟稍微停止，他就真心期待着父亲能立刻痊愈，但是呻吟很快又开始了，死神的脚步声越来越近。

窗外是和煦而热烈的阳光，令人陶醉，世上的万物都珍爱着自己生命，享受大好生机。青草愉悦地颤动着，树叶在微风中沙沙作响，树林上空，一只苍鹭在蔚蓝的晴空中展翅高飞。

小约翰此时非常纳闷，世上一切对他来说都很神秘，他的灵魂深处充满迷茫与黑暗。

“这究竟是怎么回事，此时所有的一切，包括生的喜悦与死的悲哀都同时存在我的心间？”他默默地思考，“这个人是我吗？那个人是我父亲吗？他难道是我的亲生父亲，小约翰的父亲？”

他眼前所经历的一切似乎只是个故事，这个故事讲到小约翰，讲到小约翰同父亲住在一座老房子里，后来小约翰离家出走，再回家时，父亲快要去世了。似乎此时这一切并不是发生在自己身上，而是他从哪里听来的一个很伤心的故事，虽然撕心裂肺，但发生的这一切却不是他的亲身体验。

不，不，故事里讲的就是他自己，是小约翰的故事！

“我完全糊涂了，”赛菲尔医生从病床上直起身来说，“这个病情非常古怪。”

毛怪儿来到小约翰身边，他说：“你过来看看吧，小约翰。这是一个很有意思的病例。医生对它一无所知。”

“你让我安静一下，”小约翰回答，没有回头，“我现在脑子里乱糟糟的。”

毛怪儿走到他身后，像平常那样对小约翰尖声尖气地耳语道：“你脑子里乱糟糟吗？你以为自己一直没弄明白，对吗？但是你错了。你其实早已把一切看得很清楚。你现在使劲盯着屋外的蓝天、白云、小花、小草看，是逃避现实，但是这没有用。清风娃娃不会来帮你，床上的病人很快就要死了，你心里很明白。你想知道他得的是什么病吗？”

“我不知道！也不想知道！”

小约翰没有再说什么，听着床上传来的呻吟声，呻吟声听上去似乎有点哀怨和责备的意思。赛菲尔医生正在一本小册子里做记录，死神的黑影坐在床头，跟着他们一路走来，低着头，把长长的手指伸向病人，他深陷的双眼目不转睛地盯着墙上的钟。

毛怪儿继续尖声耳语道："小约翰，你干吗这么沮丧？你今天回家了，算是如愿以偿。窗外就是沙丘，太阳照耀着小草，蝴蝶快活地飞来飞去，鸟儿开心地唱歌。你还渴望什么？难道你还要等待清风娃娃回来？如果他真的存在，那么就应该出现在窗外。为什么他没来？他一定害怕了，害怕床头坐着的那位朋友。

"今天你总算可以明白了，一切都是你的胡思乱想。听见你父亲的呻吟了吗？他的呻吟已经变得越来越弱，很快就会完全停止。可那又能怎样？这个世界到处都充满呻吟，即使从前你在沙丘上的蔷薇丛中玩耍时，呻吟也从来没有停息过。你为什么悲伤地流泪？为什么不能像从前那样，到沙丘那边去散散心呢？你看啊，那里的一切都在吐露芬芳，生命在窗外高歌，它无视屋里的呻吟与悲伤，为什么不想想生活中的乐趣？

"先前我总是听到你抱怨，渴望这，渴望那。今天我把你带到这儿，可你还是不满足。去吧，我现在就放你出去，你可以去草里打滚，在树荫下打盹，你可以去追赶嗡嗡的苍蝇或者去采集芳香的野花，你现在自由了！走啊！去找清风娃娃！你听，呻吟越来越短，越来越弱，他很快就会咽气。你的神色不必这么惊慌，小约翰。其实呻吟停止得越快越好，从此以后你们不能再在一起长途步行，也不能一起去找灌木丛中的紫罗兰。你知道在你走后的两年中，是谁陪他散步吗？可是你现在已经来不及问他了，你永远不会知道答案了。你如果早些认识我，现在就不会这么失魂落魄。现在，要成为你必须成为的那种人，你还差得远呢！如果赛菲尔医生遇到同样的情况，你觉得他会像你这么沮丧吗？是的，他会悲伤，也会像晒太阳的那只猫一样难过地眨眼，但一会儿就会过去，而这才是好的。沉浸于悲伤中有什么用？花朵们难道没有教过你吗？当一朵花被人掐走时，其他花儿也不悲伤。这是不是很幸运呢？他们是无知的，所以更快乐。你已经学会了很多知识，如今你必须学会怎么让自己感到幸福。我可以教会你所有的知识，否则你将一无所知。

“好好听我的话吧，他是你父亲又怎样？他不过只是垂死的人类之一。生老病死是很自然的事。你还听得见他的呻吟吗？已经弱得快听不见了，对吗？这将是他最后的呻吟。”

小约翰惊恐地看着床上的病人，小猫西蒙这时也从窗台上跳下来，伸了个懒腰，躺到垂死的病人身边咕噜咕噜地叫着。

父亲无力的头不再挪动，静静地躺在枕头上，半开半合的嘴里仍然发出有规律的短暂的呻吟，但越来越微弱，几乎快断气了。

死神的目光从墙上的钟移向深陷在枕头里的那张面孔，并抬起手。此后，一切恢复了寂静，一个淡色的影子落在死者紧绷绷的脸上。四下里是一片空洞的死寂，毫无生机。

小约翰等了又等，但是父亲有规律的呻吟再也没有响起，取代它的是一片沉闷的安静。

等待死亡到来的紧张气氛现在终于松弛下来，小约翰感到自己的灵魂得到了解脱，随之沉重地掉进无底的黑暗深渊中，越来越深。他感觉周围变得更加黑暗，更加寂静。

此时，毛怪儿的声音响起，似乎来自远方。“好吧，完事了。”

“好的，”赛菲尔医生回答，“现在你可以分析一下，他到底得的是什么病，这事我就交给你了，我得先走一步。”

恍恍惚惚之中小约翰看见刀的亮光，床上的猫弓起了背，死人的尸体已经变冷，猫又回到有阳光的地方晒太阳去了。

小约翰看见毛怪儿手里拿起一把刀，仔细端详着锋利的刀刃，然后走向床边。小约翰猛地一下清醒过来，还没等毛怪儿来到床边，他已挡住了他。

“你打算干什么？”他质问毛怪儿，警觉地把眼睛睁得大大的。

“我们得知道他究竟是怎么死的。”毛怪儿回答。

“不行！”小约翰回答，他的声音低沉，就像一位成年男子的声音。

“你这是什么意思？”毛怪儿眼里泛着威胁的冷光，“你能挡住我不成？你难道不知道我的力气有多大？”

“我不许你那样做，”小约翰回答。他咬紧了牙关，深深吸了一口气，双眼死死盯着毛怪儿，伸手挡住他。

毛怪儿慢慢靠近，小约翰一把抓住他的手腕，试图夺走他手中的刀子。

小约翰知道毛怪儿很强壮，也知道自己斗不过他，但他不想妥协，这种信念很坚定。

刀在眼前闪耀着，仿佛一团火焰，小约翰丝毫不退缩，继续与毛怪儿搏斗着。他知道，如果自己屈服的话，将会是怎样的结果。医学解剖他之前见过。可是，他身后躺着的是他的父亲，他决不能让这种事发生。

当他们俩气喘吁吁地搏斗时，身后的尸体一动不动地平躺着，就像在寂静中睡着了；他的眼白从一条细缝里透出来，嘴角微微翘起来，似乎向小约翰露出一丝暗中的笑意。

他们在搏斗中碰到了床，死人的头跟着轻轻摇了几下。小约翰坚持不懈，大口大口喘着粗气；他突然什么都看不见了，一层浓浓的血色薄雾遮住了他的视野。但他始终没有放弃。

终于，小约翰感到和自己对抗的手腕渐渐软弱了。毛怪儿放弃了，垂下双臂，手中的刀被小约翰夺走了。

小约翰抬头巡视四周，毛怪儿已经不知道去哪儿了。死神独自坐在床边，向他点点头，赞赏地说：“你功夫不错嘛，小约翰。”

“毛怪儿还会回来吗？”小约翰悄声问。

死神摇摇头回答:“永远不会了。那些反抗过他的人，将再也见不到他。”

“清风娃娃呢？我可以再见到清风娃娃吗？”

死神用深邃的目光注视了小约翰良久，他的眼神不再恐怖，而是变得温和而认真，深深吸引着小约翰。

“只有我才能把你带到清风娃娃身边。只有我才能成全你，帮你找到那本书。”

“那你马上带我去找清风娃娃，现在我没什么亲人了，你就带我走吧，就像你把别人带走一样，我其他什么要求都没有。”

死神再次摇摇头:“你很喜欢人类，小约翰，虽然你不知道，但你自始至终一直喜欢人类，你要成为好人类，成为好人类是件很美好的事情。”

“我不愿意成为好人类，你带我走……”

“不是这样的，你很愿意，你也没有选择。”

小约翰眼前的高大的漆黑的身影，说完这句话后变得朦胧起来，渐渐融化，直到变成一缕灰色的薄雾，挥发在阳光里。

小约翰来到床前，低下头为死者悲伤地流泪。

第 14 章

过了很长时间，小约翰才抬起头。斜阳照进房间里，穿透这里微微的白色，好像一根根笔直的黄金轨道。

“父亲！父亲！”小约翰低声呼唤着。

窗外，灿烂的阳光弥漫在世上万物间，一切都显得非常耀眼，光芒四射，连每一片树叶都静肃着，世上的一切都默默地沉浸在太阳的洗礼中。

和光一同飘来的是低低的赞美诗的咏叹，似乎在唱着：

“太阳的儿子！你原来在这里！”

小约翰抬起眼睛四处搜寻，他竖起耳朵仔细聆听，但他的耳中却充满了各种杂音。

“太阳的儿子！你就是太阳的儿子！”

这声音很像是清风娃娃，他曾经如此称呼自己。是他在呼唤自己吗？但是当小约翰看见身边床上的那张脸，又不想再听了。

“可怜的、亲爱的父亲！”他自言自语道。

但是，呼唤的声音又一次响起，声音紧紧围绕着他，执着而清晰，让他惊讶得说不出话来。

“太阳的儿子！太阳的儿子！”

小约翰站起来，走到窗前。屋外的光芒涌进来，是如此神圣的光芒！光芒在茂盛的树顶上滚动，在小草的间隙中闪闪发光，四下被繁星般的火光照亮，整个世界都沉浸在这奇异的光芒中，就连蓝天里轻盈的晚霞也散发出耀眼的金光。

越过草地，透过绿树和灌木丛，他能看见不远处的沙丘。沙丘沐浴在微微泛红的金色中，背后是湛蓝的天空。沙丘温和而平静地舒展开，构成波浪般起伏的地平线。窗外的风景仿佛祷告一般，给小约翰带来安慰。小约翰回忆起清风娃娃曾经教他如何做祷告。他又一次感到清风娃娃教他做祷告时的那种感动。

哇！那是谁，穿着蓝衣服的很小的影子？在灿烂夺目的光影中央，一团由金色包裹着的朦胧的蓝雾。那难道是清风娃娃在向他招手吗？

小约翰感觉自己的身体渐渐变得轻盈起来。他飞出窗口，飞向外面的世界，随后他停下来一小会儿，此时他感到全身沐浴在神圣的阳光中，周围的一切异常寂静，树叶纹丝不动，他也不敢走动。

这时，他的眼前又出现了那个蓝色的光影。他终于看清了，正是清风娃娃，无可置疑！清风娃娃头上戴着光环，转过身来，嘴唇轻轻动了动，似乎在召唤小约翰。他用右手向小约翰招了招，左手则高高举起一样东西，他用纤细的手托着一个金光四射的宝贝。

小约翰不禁激动得叫出声来，充满期望地飞向那个可爱的人影。但是清风娃娃转过身，笑着飞向远方，时不时地挥挥手。随后降落在地上，但紧接着又起飞。他的身姿很轻巧、很敏捷，就像在春风中飘扬的蒲公英的种子。

小约翰很想像从前一样欣欣然起飞，他想飞到很远很远的地方，就像在梦里一样。但土地似乎抓住了他的双脚，他踩在草地上的脚忽然沉重起来。他在灌木丛中艰难地前行，野地上的叶子沙沙作响，树枝剐破了他的衣服，刺伤了他的脸颊，他气喘吁吁地爬上覆盖着青苔的沙丘斜坡，不知疲惫地追赶清风娃娃。他的眼睛始终盯着清风娃娃闪亮的身影和他手里高高举着的那个宝贝。

他来到沙丘的中央。阳光普照的峡谷里盛开着沙丘蔷薇，成千上万的浅黄色花朵沐浴在温暖的阳光中，还有湛蓝色的、金黄色的和深紫色的。小小的峡谷被热浪蒸腾着，遍地的花草散发出一阵阵芬芳。小约翰一边呼吸着芳香，一边继续往前走，脚下的麝香草和驯鹿青苔的浓烈气息让他感到陶醉。这儿的一切真令人心旷神怡。

在追赶清风娃娃的路上，有一队蝴蝶在前面为他引路，他们有着红色和黑色的翅膀；其中还有被称为“沙眼”的蝴蝶，他们长着淡蓝色丝绸般绚丽的翅膀。刚才还在蔷薇的花瓣上畅饮露水的金龟子，从他的耳边飞过，大熊峰在被太阳烤焦的草丛间嗡嗡飞舞。

这一切都让小约翰陶醉，跟清风娃娃在一起，他感到无比幸福。但是清风娃娃一直往前飞，没有停下来等他。小约翰气喘吁吁地紧跟在他后面。被太阳晒得褪了色的荆棘挡住了他的去路，刺破了他的衣服。他推开在风中不停摇曳的灰棉花般的火炬草，爬到沙岸边，不小心碰到一棵长刺的小草，他的手受伤了。

他穿过榆树林，林里的蒿草竟没过膝盖，受惊的水鸟从藏在杂草间的泛着水光的池塘腾起。山楂树的枝头开满芬芳的白色小花，榆树叶的气味和湿地上薄荷的清香飘在一起了。

突然，树、树荫、花香都消失了，只能看到一丛丛蓝色的海蓟生长在干枯的杂草丛中。

他们已经来到沙丘边缘。小约翰看见清风娃娃站在最后一排沙丘的顶上，他手中的宝贝发出刺眼的亮光。

风中传来一阵神秘的爆炸般的泡沫声，小约翰感觉已经离海很近了。在迎面吹来的海风中，他慢慢爬上最后的一座斜坡，来到坡顶，跪下凝视着前方的大海。他高高抬着头，一团红光簇拥着他，天空中的晚霞排成光彩熠熠的阵列，整齐地围在太阳的周围，深色的云朵环绕着一圈金红色。

他发现海面上有一条燃烧的紫色火焰铺成的路，发着强烈的光，道路的尽头是天边那个神秘云洞的入口。在刺眼的太阳后面，可以看见洞的深处有蓝色和粉红色的光点，而在洞的外面，云彩燃烧着，构成广阔的天空的奇观。广阔的天空中，遍布红色丝绸般的光焰和波浪般的条纹。

小约翰一直等着，直到太阳接触到光路的边缘，指引他向前。

他朝坡下看去，在不远处，他看到自己跟随的光影。一艘小船，发着水晶般的寒光，正在那条炙热的光波上漂浮着。小船的顶端，站着身影颀长的清风娃娃，他的手里依然拿着那个会发光的宝贝；而船的另一端，那个黑暗的发光的影子，是死神。

“清风娃娃，等等我！”小约翰大声叫道，他一边紧盯着地平线，一边大步迈向岸上那艘奇异的小船。在他眼前的一片强光的正中央，一块燃烧的云正在向他靠近，云包裹着一个漆黑的小人。距离越来越近，那小人也变得越来越大，他以矫健的步伐，跨过海中燃烧着的跳动的火焰。燃烧的大海波涛滚滚，他平静地一步步走向起伏的浪涛。那个人的脸色苍白，眼睛深邃，就跟清风娃娃的眼睛一样，但是他的眼神里充满无限的温柔和伤感，这是小约翰以前从来没见过的。

“你是谁？”小约翰问道，“你是不是人类？”

“我胜似人类！”他回答。

“你是耶稣？你是上帝？”小约翰问。

“你不要提起那些名字，”那个人回答，“他们很神圣，也很纯洁，就像神父的衣冠一样神圣，就像动听的唱诗般抚慰人心，但是他们都被世上的势利小人利用了、污蔑了。你不要提起他们的名字，因为他们存在的意义如今已经变成了无稽之谈，真正想认识我的人，首先必须抛弃那些名字，然后聆听自己的心声。”

“我知道你是谁！我们曾经相识过！”小约翰回答。

“我就是那个让你为人类哭泣的人，虽然你不明白自己为什么流泪。我让你去爱人，虽然那时你还不理解爱的含义。我一直陪伴在你身边，虽然你从来看不见我。我让你的灵魂感知一切，但你却不认识我。”

“为什么我现在才看见你？”

“要用很多眼泪洗涤你的眼睛之后，你才能看见我。你不仅是为自己哭泣，也要为我哭泣，只有这样，我才会出现在你眼前，你才会认出我是你的老朋友。”

“我认识你！我曾经见过你！我想永远跟你在一起！”

小约翰伸出他的双手，可对方指着那艘闪光的小船。小船在燃烧的海路上缓缓启航。

“你看，那条路通向你渴望的一切，”他说，“没有其他的路。但如果没有清风娃娃和死神，你将永远找不到路。现在你可以自己选择，第一条是通向‘伟大的光芒’，在那儿你将成为一直渴望了解的自己；第二条，”他的手指向黑暗的东方，“那是人类与他们的苦难汇集的地方，那是我的路。从现在起，我会给你指路，而不是你曾经追逐过的那种虚假的光。

你现在明白我的意思了吧，请你做出选择。”

小约翰的目光从清风娃娃逐渐消失的身影上移开，然后转过身，把自己的手伸给这位面色严肃的人。于是，他跟着他的领路人，迎着清冷的晚风，踏上艰辛的道路，朝着黑暗的大城市的方向走去，那里是人类与他们的苦难汇集的地方。

也许有一天我还会给你讲小约翰的故事，但那时，就不再是一个童话了。

图书在版编目（CIP）数据

小约翰 /（荷）弗雷德里克・凡・伊登著；（荷）欧阳竹立译 . — 南京：江苏凤凰文艺出版社，2019.6
ISBN 978-7-5594-3609-2

Ⅰ . ①小… Ⅱ . ①弗… ②欧… Ⅲ . ①童话 – 荷兰 – 近代 Ⅳ . ① I563.88

中国版本图书馆CIP数据核字(2019)第076507号

书　　名	小约翰
著　　者	[荷] 弗雷德里克・凡・伊登
译　　者	[荷] 欧阳竹立
责任编辑	孙金荣
特约编辑	于晨苗
责任校对	孔智敏
出版统筹	孙小野
封面设计	金牘文化・车球
出版发行	江苏凤凰文艺出版社
出版社地址	南京市中央路165号，邮编：210009
出版社网址	http://www.jswenyi.com
印　　刷	三河市金元印装有限公司
开　　本	880毫米×1230毫米 1/32
印　　张	7
字　　数	110千字
版　　次	2019年6月第1版 2019年6月第1次印刷
标准书号	ISBN 978-7-5594-3609-2
定　　价	38.00元